PETIT PRÉCIS DE CULTURE BULLSHIT

Direction éditoriale : Bérengère Baucher
Édition : Charlotte Lebot
Conception graphique de la couverture
et de l'intérieur de cet ouvrage : marguerite.coop
Correction : Nathalie Rachline
Fabrication : Nicolas Zeifman

92, avenue de France, 75013 Paris

ISBN 978-2-32101-726-4

PETIT PRÉCIS DE CULTURE BULLSHIT

BY
DR JEAN-BILL DUVAL

AVEC LA PARTICIPATION DISCRÈTE DE
KARIM DUVAL

le Robert

PRÉFACE

Petit et *culture*. Étroitesse et grandeur… Antithèse ?
Précis et *bullshit*. Exactitude et fumisterie… Oxymore ?
Un bullshitter digne de ce nom vous répondra : « dissonance bidimensionnelle », moyennant brainstorming facturé 3 jours / homme.

Il en va de même pour Jean et Bill, pour Karim et Duval. Pour Jean-Bill et Duval.

Lui et moi partageons le même patronyme, et ça s'arrête là. Mais, par abus de langage, nous nous considérons oncle et neveu l'un de l'autre. Le terme *tonton* est aussi précis que notre lien de filiation est bullshit.

Rien n'est clair sur la couverture de ce livre. Je me sens proche de Jean-Bill, tout en me tenant à distance de lui. Peut-être par crainte de lui ressembler ?

Toujours est-il que j'avais le profil idéal pour rédiger la préface de cet ouvrage. Car c'est bien ce qui est attendu de celui ou celle qui se voit confier l'honneur de cette tâche : montrer, non sans un certain recul, toute la tendresse qu'on a pour l'auteur, et l'intérêt que l'on manifeste pour son travail.

Jean-Bill Duval est un grand académicien, bardé de diplômes, et c'est ce qui légitime son œuvre (et le bullshit, en général).

En devenant humoriste, je pensais m'être éloigné définitivement du bullshit.
Que nenni ! Balivernes ! Bullshit !

Le bullshit ne vous quitte jamais vraiment. Je dirais même qu'il se bonifie avec le temps : sous mes apparences d'artiste engagé qui moque les verbiages, la perte de sens, l'absurdité d'un monde qui prône sobriété et croissance, ne fais-je pas mon buzz de tout cela ?

Bullshit, moi aussi je t'aime, te pratique et te dépeins ! À tel point que je me suis parfois immiscé dans l'écriture du livre que vous tenez dans les mains. J'ai soufflé à l'auteur deux-trois tips, comme ça… Et, à l'heure où je vous parle, alors que je découvre le manuscrit, je réalise qu'il a souvent, voire rigoureusement, tenu compte de mes inputs et feedbacks ! À tel point que j'ai l'impression d'avoir rédigé ce *Petit Précis de culture bullshit* à sa place. Pourtant, il est signé Jean-Bill Duval.

Quel bullshitter, ce tonton Djib !

Karim Duval, humoriste,
Nephew in Chief de Jean-Bill Duval

SOMMAIRE

Introduction 9

Bullshit basics 12
One language 24
One nation 50
One culture 66
Coach Jean-Bill 90
Traditions & Parties 108
Success stories 132

Conclusion 169

Annexes 172
Poésie corner 174
French glossary 196
Bibliographie 215
Remerciements 217

Introduction

D'aucuns tenteront d'enfermer le bullshit dans un ensemble fini, figé, d'anglicismes, buzzwords et autres concepts abscons caractérisant certains métiers dits « à la con »... Quel manque d'ambition !

Le bullshit, c'est bien plus que cela.
Le bullshit, c'est un état d'esprit, une propension à ajouter de la complexité là où c'est simple. À la vie comme au bureau !
Le bullshit, c'est une aspiration patriotique dépassant les pays et les frontières. Avec ses saints, ses héros et super-héros qui forgent un storytelling national profondément ancré dans on-ne-sait-trop-quoi.

Le bullshit, c'est un art, celui de faire de la mousse mais sans savon, c'est la créativité qui prend appui sur le néant pour aboutir à quelque chose (ou l'inverse). Des réunions, des jobs qui se créent, des vies qui basculent car, oui, *in fine*, le bullshit, ce sont des rencontres, c'est de l'amour, c'est de l'humain !
Le bullshit, c'est une culture. Avec ses traditions, sa gastronomie, ses classiques de la littérature, du théâtre, du cinéma et autres œuvres d'art...

Mais dans cet élan de grandeur, restons humbles face à l'insaisissable. Au fond, peut-on définir le bullshit ? Et fait-on encore du bullshit dès lors que l'on est conscient d'en faire ?

De vous à moi (chut, c'est un secret !), je pense que oui : c'est du grand bullshit que de savoir que l'on en fait, surtout si on peut le facturer ! Vous venez probablement de payer pour vous délecter de plus de 200 pages de bullshit *sur le bullshit*. Par souci de fidélité à mon domaine d'expertise et par conscience professionnelle, je m'engage à ce qu'il n'y ait aucun élément de fond à tirer de ce *Petit Précis de culture bullshit*.
Toutefois, en tant que professeur, académicien ès bullshit, j'ai builduppé ce *PPCB* (suivez un peu !) afin que vous en saisissiez son âme et ses éléments fondateurs. Faites-y du self-learning, du quick-picking et devenez vous-même un bullshitter ou une bullshitteuse[1]. Et, si vous l'êtes déjà, excellez en la matière !

---

1 Dans la mesure du possible, je veillerai à être inclusif car nous, bullshitters et bullshitteuses, ne souhaitons exclure personne parmi celles et ceux qui forgent notre culture. Néanmoins, parfois, je me contenterai de la forme masculine. Parce qu'il arrive au bullshitter de craquer, de ne pas être irréprochable en matière d'égalité femmes-hommes, et c'est ce qui le rend humain. Aussi, dans la section SUCCESS STORIES ne figurent que des mâles, cisgenres et caucasiens. Mais rassurez-vous : je connais un « Karim ».

Notons, enfin, des annexes avec des clins d'œil à la langue française (notre baseline, après tout) sous forme d'un glossaire français-bullshit (p. 196), d'inspirational quotes imposées par mon statut de coach, et de quelques haïkus éthérés (p. 174) ; pour plus de brume encore.

Je suis fier de mettre mon expérience[2] au service de la new gen, qui, je l'espère, pétera toujours plus haut, au-dessus de son coccyx et au-delà.

2 12 000 heures de meeting et 73 projets transverses en transformation digitale, marketing stratégique et management des réorganisations.

« Le bullshit est
le contraire du superflu.
C'est le fond
qui bypasse la forme.
C'est le why
qui surpasse le how.
Sharp, smart,
penta-aligné avec
notre moi essentiel.
Sans overplay, ni overlay. »

Confusius

BULLSHIT BASICS

J'aurais pu être innovant d'entrée de jeu et proposer autre chose que des basics en guise d'opening section. Mais j'ai conscience que des non-bullshitters peuvent me lire, et que cela est challenging de commencer par autre chose que le commencement.

Donc, pour vous, newbees, une entame assez mainstream, type « à l'origine, il y avait... », suivie de quatre notions fondamentales. Quatre, parce que ça sonne bien « basics », quatre. Un peu comme trois. Ou cinq.

À L'ORIGINE, IL Y AVAIT QUELQUE CHOSE

À l'origine du monde, il n'y avait rien.
Et à l'inverse du monde, qui repose
ainsi sur rien, le bullshit, lui,
s'appuie sur des fondations bien solides.

Même dans notre Occident tertiarisé, terre de bullshit, il y a encore (comme il y a eu par le passé) une activité palpable, avec des usines, des champs de blé, des hôpitaux, des EHPAD, des écoles, que sais-je.
Et quiconque, même un bullshitter, peut (moyennant quelque effort) ramener son travail à quelque chose de concret.

Sur ces bases, nous, smart thinkers, dignes héritiers du taylorisme, avons conceptualisé ces choses.

Par souci d'externalisation du tissu productif (vers l'Asie par exemple, terre de doers).
Par souci d'optimisation (des coûts, des process ou juste pour la beauté de ce mot : *optimiser*).
Nous avons résumé ces actions en des termes savants, leur enchaînement en diagrammes ; représenté les personnes physiques qui sont derrière par des carrés (ou des ronds, ou des bonshommes bâtons, selon la sensibilité artistique de chacun·e[1]).
Nous gérons, nous manageons.

Et les managers sont devenus pilotes. Pas d'avion, ni de navette spatiale, non. Pilotes de flux. Du flux au flou, il n'y a alors qu'un pas, et la bascule du concret vers un réel impalpable et digitalisé a lieu précisément ici.

Bullshit, nous voilà.

Le bullshit crée pourtant des millions d'emplois, qui donnent lieu à des rencontres, des naissances, des chagrins d'amour…

À l'origine du monde, il n'y avait rien. De ce rien est né quelque chose qui a enfanté de ce presque rien qu'est le bullshit, à son tour souffle de quelque chose… Cycle de la vie, road map circulaire de l'existence.

Le bullshit n'est ni vide ni matière. C'est un état, à mi-chemin entre l'air et la crème chantilly.

1 Cf. p. 70.

Agilité, J'écris ton nom

Notion phare de la culture bullshit en ce sens que, sur la base d'un accord tacite entre bullshitters, quiconque peut y faire référence sans vraiment la comprendre, l'agilité méritait bien un poème. Au-delà des bancs de nos écoles, cette prose résonne au fond de tous les couloirs et salles de réunion.

Je vous laisse savourer ce poème de Paul Héluart, senior consultant âgé de 23 ans, scrum master émérite et design-sprinter aux JO de Paris-La Défense.

Sur mes prez de consultant
Sur mon ordi et mes slides
Sur la table de mon déj
J'écris ton nom

Sur mes mains, sur des post-it,
Sur des feuilles et paperboards
Digital papier ou tchat
J'écris ton nom

Sur les graphes et les JPEG
Sur les rapports de meetings
Sur le corps de mes e-mails
J'écris ton nom

Sur un bref reclassement
Sur la sueur des seniors
Sur un simple coup de tête
J'écris ton nom

Sur un event innovant
Sur une phrase mondaine
Sur un speed dating barbant
J'écris ton nom

Sur mes nuages de mots
Sur mes pluies d'idées qui fusent
Sur la brume d'un concept
J'écris ton nom

Sur un pipeau, un abus
Sur un gros malentendu
Sur le flou d'un consensus
J'écris ton nom

Sur la tête du client
Sur le dos de mon freelance
À vos nez et à vos barbes
J'écris ton nom

Sur une approximation
Sur un chiffre au doigt mouillé
Sûr de moi et de mes dires
J'écris ton nom

Sur les plannings des écoles
Sur les lits des hôpitaux
Sur l'agonie des EHPAD
J'écris ton nom

Sur la forme et sur le fond
Sur le bon sens populaire
Sur le simple et sa valeur
J'écris ton nom

Et par le pouvoir d'un mot
Je relance ma carrière
Je suis fait pour t'imposer
Pour te vendre

Agilité.

Le storytelling

Comme tout ce qui est bullshit, le storytelling l'est devenu parce que tout le monde s'y est mis. Si ce n'est déjà fait, il serait temps de travailler le vôtre ! Histoire de faire grandir notre communauté.

Il s'agit de raconter des histoires. Les histoires qui font VOTRE histoire.
À l'instar des Anglo-Saxons, démarrez vos présentations PowerPoint, vos briefs par une petite anecdote. Dépassez le barbant :

> *« Bonjour, je m'appelle Laurence, j'ai 45 ans, je suis responsable qualité. »*

Laurence est responsable qualité ET scénariste, script doctor.
Adoptez une posture hollywoodienne !

Pour ma part, lorsque je me raconte, plutôt que de vanter ma job position de façon statique, d'entrée, je crée un mouvement narratif :

> *« Un matin, alors que je n'en peux plus d'être bac+8 et French Fries Manager… »*

(L'audience est en empathie avec moi.)

> *« … je récupère mon courrier dans la boîte aux lettres. Mais ce matin-là, une enveloppe attire mon attention… »*

It's all about emotions… Comment le dire en français ? Tout est question d'émotions :

> *« Fébrile, je commence par ouvrir les autres : Auchan… Damart… »*

Jouez sur les silences. Je crée de l'attente, des twists :

> *« … la Matmut. Quelque chose de grand va arriver… Je me décide à ouvrir la cinquième : Académie de Lozère, département Nouvelles Civilisations & Digital… »*

Instillez des détails :

> *« Je tiens à ouvrir cette enveloppe avec le coupe-papier que m'a offert ma grand-mère Thérèse avant de rejoindre les étoiles. »*

(Thérèse, personnage archétypal : mon mentor.)

> *« Je déplie le papier, et là… »*

Cliffhanger. Le public est suspendu à ce que je vais dire. J'envoie le dénouement :

> *« Vous êtes admis comme maître de conférences ès bullshit à mi-temps, à l'université de Mende. »*

Terminer par un succès, toujours.

LA CRÉATIVITÉ

La créativité est une qualité noble.
En faire du bullshit n'est pas
une mince affaire.
Toutefois, mes amis et moi
avons quelques pistes.

La première est précisément de s'appuyer sur le caractère indiscutablement noble de la créativité. La créativité, c'est bien. Donc[1] innover c'est bien. À quelles fins ?

> « *Innovez, le pourquoi viendra.* »
>
> Saint Steve

1 Attention : raccourci bullshit !

La créativité nous échappe. On voit à peu près ce que c'est. C'est un truc cool, inné (les gommettes, colliers de nouilles, bonshommes bâtons propres à la personnalité de chacun·e…), donc chargé de la bonté de l'enfant que nous sommes. Aussi, la créativité ne peut engendrer que des choses positives.

La créativité est valuable et ne coûte pas cher, par construction, puisqu'il s'agit d'engendrer quelque chose à partir de rien. Mais soyons grands seigneurs, fournissons un peu plus que rien : crayon à papier, feuille blanche, paperboard… j'ai émerveillé ma nièce en générant des bulles à partir d'une goutte de Pouss'mousse.
Alors cherchez la goutte de Pouss'mousse qui stagne dans votre cerveau droit et réveillez le créatif qui sommeille en vous ! Grâce aux neurosciences et aux marches silencieuses.

En me relisant, je me dis qu'à ce stade j'ai fait preuve d'une créativité telle que j'ai généré du bullshit à partir d'un mot : *créativité*. J'ai envie de me vendre une prestation de conseil à moi-même ! La créativité autoréflexive en 6 modules.

Les réseaux sociaux ont raison : nous sommes tous des creators. Publier, c'est créer. Tweeter, c'est créer. Écrire un SMS découle d'un processus créatif. Peut-être que votre job de *comptable* a été rebrandé en *quantitative report creator* ?

HPI que vous êtes.

Oh ! Une bulle…

Le coaching

Il est des notions dont on ne sait
si on peut les catégoriser bullshit ou non.
Et, de ce fait, elles le sont.
Un peu.

Coaching. Un flou puissant jaillit de ces deux syllabes. Deux ou deux et demie, on ne sait pas. Le *o* et le *a* diphtonguent-ils ? Je m'en remets au *Robert*... Sauf que le chuintement du *ch* évoque la fuite, un terme qui échappe à l'entendement... Le tout ponctué par le suffixe *-ing*, écho d'un *present continuous*, gérondif décrivant une action en cours, non achevée... et aura-t-elle vraiment une fin ?

Niveau bullshit, on est pas mal, non ?

Pour peu que l'on dise *coach de vie*, on s'imagine un entraîneur sportif en quête de résultats, KPI[1] à la clé… mais dans la vie, en général. Ça fleure bon les objectifs inatteignables, on subodore le bullshit !

Sauf que. Souvent, les coachs sont des ex-bullshitters. Burn out / brown out / bore out dans un job vide de sens qui leur a ouvert les yeux sur leur vraie nature. Et ils aident d'autres bullshitters à en sortir[2]. Donc le coaching, c'est l'anti-bullshit. Dammit.

Mais…

Les coachs ont un leadership tel qu'au-delà d'aider les gens, et grâce à des vidéos inspirantes, ils créent des vocations… de coachs ! Aussi, trop de coaching tue le coaching… qui perd en crédibilité… Chassez le bullshit, il revient au galop !

Coach de vie, coach de vente, coach immo, coach en image, coach en rangement, coach en changement… le brouillard point… Ajoutez à cela pléthore de méthodes, d'écoles, d'âges (coach à 20 ans !), de labels, d'idoles… Et c'est purée de pois sur notre époque !

Le coach accompagne. VOUS êtes maître à bord, responsable de vos succès et de vos échecs.
Vous êtes le cocher. Et le coach la mouche.

1 En français : *Key Performance Indicators.*

2 Qu'on se le dise : ça me fait mal au cœur. Perdre un compatriote, un A-player de la team…

« Le grec et le latin ont été remplacés par la tech et le ricain. »

Jean-Bill Duval

ONE LANGUAGE

« *Parole, parole, parole,*
Parole, parole, parole,
Parole, parole, parole,
Parole, parole, parole,
Parole, parole, parole,
Soltanto parole,
Parole tra noi. »
Mina

Certes, c'est de l'italien et non du franglais. Mais justement, nous, bullshitters, réinventons sans cesse nos modes de communication[1]. Nous n'avons ni limites ni frontières, nous sommes ouverts.

Tant que la langue nous maintient entre nous[2].

1 Cf. également le glossaire français-bullshit, p. 196.
2 *Tra noi*, en italien.

Choisir son BFW

La manière dont vous démarrez une conversation est une façon de signifier votre appartenance à notre communauté.

Il est donc essentiel de bien choisir son BFW[1] pour entamer un SMS, un e-mail ou un DM.

Le bon sens populaire voudrait que l'on opte pour *hey* ou *hi* : smooth, concis, naturel… mais trop américain. En plus, phonétiquement, cela donnerait « aïe » parce qu'on ne prononce pas le *h* : je vous rappelle que beaucoup d'entre nous ici sont French natives. Définitivement. Mais ne me faites pas passer pour ce que je ne suis pas !

1 Vous l'aurez compris : *Best First Word.*

Je ne suis pas de ces gens qui disent *bonjour.* Définitivement pas. J'ai un profond respect pour le langage primitif et plus généralement pour les peuplades primitives.
Dire *bonjour* à l'hôtesse de caisse qui a connu l'ère Prisunic, passe encore.
Dire *bonjour* à la vieille dame que vous croisez en bas de chez vous, ou à votre BFBE (Best French Baker Ever), je saigne des oreilles, mais je ne suis pas oto-hémophile, ça finit par se calmer.
Mais dans la vie, il faut savoir à quel camp on veut appartenir.

Aussi, épargnez-moi ce *salut*… C'est legacy ! C'est « début de siècle ». Continuez comme ça et vous vous retrouverez à créer une entreprise qui s'appelle Optic Avenir.
Et c'est sans parler de celles et ceux qui pratiquent le salut au carré : *Salut, salut !* Et pourquoi pas *ça roule ma poule* tant qu'on y est ? Ou *comment y va ?* ? C'est un coup à finir au Macumba du coin, ça !

Non.

Les gens qui disent *salut* sont décontractés, ceux qui disent *hello* sont cools. La voilà, la réponse : le BFW, c'est *hello.* Ça ne coûte pas plus cher, deux syllabes et vous changez de monde.

Écrire *hello*, c'est simple comme bonjour.

HELLO

Vous connaissez désormais le Best First Word pour affirmer votre identité de Bullshit Citizen et les choses sont claires : *hello* est le mot idéal pour démarrer un message.

Hello pourrait être le nom d'une startup.

> *« Hello, je m'appelle Childéric Dubois-Feuillu et je suis founder de* hello!*, une plateforme de services bienveillants et disruptifs en B2C dans le cloud. »*

Hello vous donne une posture. *Hello* ce n'est pas que de l'anglais, c'est un état d'esprit, c'est anglo-saxon. Or derrière tout Poitevin, derrière chaque Berrichonne se cache un·e Anglo-Saxon·ne. Un être détendu, concis, pragmatique et moins tourmenté que le Français qui sommeille en nous, nous hante et nous enferme dans nos mécanismes complexes et nos complexes d'infériorité prenant source dans une relation conflictuelle à la mère et une aversion nietzschéofreudienne pour la figure paternelle… Pardon, il a suffi que je dise *Français* pour m'égarer, vous voyez ?

Un petit *hello* et vous voilà sharp comme un broker de la City, smart comme un UX Designer de Palo Alto. Ajoutez à cela l'attaque sans *h*, « élo ! », et vous obtiendrez la fraîcheur, le peps, le petit coup de fouet du bubble tea qui booste l'entrepreneur du Silicon Sentier ! Lorsque vous ôtez le *h* de *hello*, c'est bien plus qu'une lettre qui disparaît : c'est un balai mal placé qui s'envole et vous emporte loin des années 2000, c'est magique ! Alors lâchez prise !

Et faites-moi confiance, ce n'est pas le métissage qui vous arrêtera, bien au contraire : un *Hello Jean-Claude* passe crème ! Aussi bien qu'un ensemble sarouel-marinière.

TOOLTIP

Go forward vers le *hello* à l'oral

Si vous n'arrivez pas à pratiquer le *hello* à l'oral, challengez-vous dans un premier temps sur un message vocal.
Osez ce petit *élo* libérateur soufflé dans le micro de votre smartphone. Aucune oreille ne sera au bout du fil pour vous juger et vous aurez toujours la possibilité d'effacer la piste audio.
Et un beau jour, vous verrez, vous lancerez un grand *éloooo-oooooo !!* à votre BFF[1] accompagné d'un gros hug qui le laissera pantois.

1 BFF : *Best F****** Friend.*

Les préfixes et suffixes

Au risque de vous choquer en allant à l'encontre du principe de distinction, d'élévation sociale sous-jacent à notre posture, je dois admettre que la langue bullshit, c'est du tuning. Si les mots sont des voitures, nos jantes alu sont des préfixes et nos ailerons des suffixes.

Parler bullshit, c'est cacher des noms communs derrière des vitres fumées pour les rendre mystérieux, attrayants, inaccessibles…

Auto-entrepreneur-compliant pour dire *éligible à l'assurance chômage…*
Protein-fluid pour dire *flexitarien…*

Parler bullshit, c'est sophistiquer la langue avec légèreté.

Contrairement à une Golf tunée, notre langage doit rester aérien. Ne cédez pas aux lourdeurs de l'hyper intellectualisme, sinon c'est du français. Voire de l'allemand.

Aussi, les préfixes et suffixes anglais s'imposent.

Partons sur un mot français de base : *challenge*, par exemple. Teintez-le !

Un petit suffixe *-ing* par-ci et hop !
CHALLENGING adj. • Qui donne envie d'être challengé.

Ou *-able*…
CHALLENGEABLE adj. • Qui peut éventuellement être challengé.

Puis nuancez : *potentiellement* (cf. p. 34) challengeable.

Tentez le préfixe *over-*.
OVERCHALLENGE n. m. • Défi qui dépasse les limites du dépassement de limites.

Cette définition est complètement *métachallenging* ! Notez le double bloc *méta-[…]-ing* qui bagellise le challenge !

Tiens, *méta-* ! En voilà, un préfixe ! *Méta-* ou la mise en abyme d'une chose déjà complexe.
Méta- peut se suffire à lui-même, tel un autocollant Johnny collé sur une voiture blanche.

En soirée, lancez un « Non mais là, c'est carrément méta… » pile au moment où l'on a fait le tour d'un concept, où l'on ne sait plus trop où en est le débat. Personne n'osera surenchérir. Si ce n'est pour proposer un subject switch.

LES ACRONYMES

Un acronyme, c'est la quintessence du bullshit. Il synthétise une appellation, qui est déjà elle-même synthétique, constituée de deux, trois, quatre mots soigneusement choisis... lors d'une réunion dédiée, cela va de soi.

Le bullshitter savoure alors ce jus, ce nectar sémantique que constitue la suite de lettres savamment mises bout à bout. C'est bon, c'est rond en bouche : STDO… DPM… UXBH… Pour peu que l'acronyme sonne lui-même comme un mot[1] : MISO, RACI, VOMI… et c'est l'explosion des papilles ! D'un air entendu, une poignée de happy few intègrent alors naturellement ce nom de code à leurs dialogues concis.

1 Lors de la réunion, on veillera à un bon équilibre des consonnes et des voyelles pour obtenir un acronyme qui sonne comme un mot connu. Quitte à changer le sens de ce qu'il désigne.

Notez l'aisance dans la déclinaison en nom commun, préfixe, participe passé…

« – L'UXBH, c'est top !
– Ah, parce qu'il est UXBH-compliant, ton desk ?
– En tout cas, j'ai UXBHisé le process de WC-flushing.
– Ah oui ! La chasse d'eau fonctionne. »

À cultiver cet entre-soi, le bullshitter n'a rien à envier à mon chien LIFO[2] lorsqu'il marque son territoire.

Nombre de bullshitters sont ingénieurs. Du moins ils détiennent un papier attestant que, pendant cinq ans, ils ont tutoyé équations de Maxwell et théorie de la relativité. Fut un temps, certains ont rêvé de conquérir l'espace. Mais…

> *« … J'ai acheté ce T3. Alors que la science manquait cruellement à mon poste de PMO, l'agent immo, bullshitter devant l'Éternel, m'a fait saliver avec ses acronymes : FAI, DAAV, RGT[3]… et le banquier de poursuivre : PTZ, TAEG[4]… Frustré de chiffres et de formules, j'ai conçu un Excel de simulation de prêt. On aurait dit le tableau de bord de la fusée Ariane. »*
>
> Jean-Jack Roussot, *Rêveries de l'ingénieur terre à terre.*

Les acronymes participent du jargon de la NASA, de l'ISS… et de la BNP.

2 LIFO, comme *Last in first out*. Il était le premier d'une portée de cinq chiots.
3 FAI (frais d'agence inclus), DAAV (diagnostic amiante avant-vente), RGT (rangements).
4 PTZ (prêt taux zéro), TAEG (taux annuel effectif global).

Potentiellement, notre adverbe préféré

Nous, bullshitters, avons le *potentiellement* facile. Si vous ne vous en êtes pas rendu compte, c'est que vous en êtes. Potentiellement.

Potentiellement est un mot de consonance française. Après tout, n'oublions pas d'où nous venons. *Roots, roots, roots.*

Mais nous l'avons fait nôtre en l'employant davantage que nos ancêtres.

À l'instar de nos euphémings et rewordings, *potentiellement* œuvre au lissage du langage. Comme un consultant au ministère de l'Éducation, il a progressivement pris ses aises et phagocyté ceux qui étaient légitimes à leurs postes : *éventuellement*, *probablement*, *à la rigueur*... et peut-être même ce bon vieux *peut-être* !

> « *J'ai potentiellement un slot qui se libère.* »
> « *Potentiellement… on pourrait envisager de conclure ?* »
> « *Votre enfant est potentiellement haut potentiel.* »

Eh oui ! *Haut potentiel* et *potentiellement* : même combat ! Même racine : *potentiel*, terme hybride entre le langage commun et le langage scientifique. *Énergie potentielle, potentiel électrique, puits de potentiel… Potentiellement* respire l'engineering.

Quand on dit *potentiellement*, on est plus rationnel que la personne qui lâchera un fébrile *éventuellement*.

Éventuellement s'étire déjà sur le *é*, on le distille avec prudence, voire scepticisme. Et traduit en anglais, le faux ami n'a absolument rien de fiable. *Éventuolly*, ça sent la fin.

Potentiellement se prononce fort, en insistant sur le *p*, et accompagné d'un geste des deux mains représentant toute la puissance de l'événement… incertain mais maîtrisé, calculé, sous contrôle. Dites-le en franglais : *potenchiolly*, et c'est un siècle d'ingénierie française[1] balancée à la tronche des Américains.

Question de mindset.

1 Complétée par un Master of Science au MIT, tout de même.

LE GESTE DES GUILLEMETS

Si la culture bullshit était un geste, ce serait lui : celui des guillemets.

On le dit désuet et pourtant… Pas un jour ne passe sans que je ne voie quelqu'un y recourir. Pour préciser l'imprécision d'un mot qui ne se suffit pas à lui-même : le *so-called word*.

Il existe cependant plusieurs niveaux d'exécution dudit geste.

LEVEL « ADVANCED »

Le bullshitter accompli, outre le fait de parler fort, n'y va pas de main morte sur les quotation marks.

Visage et buste ouverts. Bras écartés. Mains au niveau des tempes, bien visibles. Index et majeur déployés à 100 %… Et on rabat généreusement les quatre doigts, dressés comme des oreilles de lapin. CLAC-CLAC.

Variante paradoxale : les guillemets… non pas discrets mais minimalistes, car naturellement intégrés à la gestuelle et au propos.
Ceux qui les pratiquent la jouent « intérieur » : mains tournées vers le buste, rapprochées. Et sans marquer de rupture dans leur phrase, sans élever la voix sur le *so-called word*, ils plient flegmatiquement les quatre doigts. Amplitude mini, aisance max. La grâce. *Small QMs*[1], *big ideas.*

LEVEL « INTERMEDIATE »

Et puis, il y a les gênés du guillemet. Ceux qui s'excusent de l'emploi d'un anglicisme, car non : tout le monde n'assume pas son bullshit et la société nous bride. Aussi, ces guillemets sont une façon de rougir.

Les pauvres… Eux ont les épaules légèrement en dedans et les soulèvent. Un clac-clac furtif accompagné d'un air navré. Sourcils de chien battu :

> *« Désolé d'employer ce terme, il y a sûrement un équivalent en français, mais que veux-tu… »*

Car oui : advanced ou intermediate, les QMs sont accompagnés d'un regard, fût-il gêné, assuré, pétillant ou profond.

Un regard complice à l'attention d'autrui. Laisse-moi bullshitter tranquille parce que là, on est entre nous et je sais que tu « sais ».

Quote quote codeck.

1 Quotation marks.

LE NON-VERBAL

Dans cet ouvrage, j'insiste évidemment sur la langue parlée, qui doit rester notre baseline. Mais le langage non verbal est un keypoint.

Un bon bullshitter doit savoir parler le non-verbal. Mais, surtout, un bon bullshitter doit savoir parler DU langage non verbal. C'est une façon de vous distinguer face à un bullshitter qui vous égale sur l'oralité et les concepts.

Sortez la carte du non-verbal :

☞ 1. Cela signifie qu'au-delà des mots, vous savez lire l'humain.

☞ 2. La personne sera dans la body awareness, donc moins content-focused, et vous prendrez l'ascendant sur elle.

J'ai suivi une formation online de body language proposée par le cabinet de consulting Beyond The Words. Cela a changé ma lecture du monde.

Lorsqu'on me parle, je reste concentré sur le non-verbal. Je me bouche les oreilles et j'observe : elle fronce les sourcils, elle me fait de grands signes de la main, mime un haut-parleur ; parfois, même, elle s'en va. Conclusion : cette personne a du mal à établir un dialogue avec autrui. Le corps ne trompe pas.

> *« On n'entend bien qu'avec les yeux. L'essentiel est invisible pour les oreilles. »*
>
> Antoine de Saint-Exupéry[1]

L'autre jour, j'ai assisté à un ballet de danse contemporaine. Là où les gens voyaient une danse exécutée par des *danseurs*, j'ai clairement saisi, dans les ondulations de ces *communicants* (donc), la contestation de la rigidité du régime des intermittents du spectacle pour switcher vers un entertainment dérégulé.

Et j'encourage mon neveu Karim à inscrire sa fille à l'atelier « *Head, shoulders, knees and toes* » qui sensibilise les enfants au non-verbal. En deuxième année, ils travaillent sur « *Can you plant-eu zeu cabbage?* » qui leur permet de conscientiser le corps dans sa globalité. Des pieds au nez en passant par la tête.

Alouette.

1 Je vous conseille de lire *Le Petit Prince*. Ce livre m'a inspiré un atelier créatif : « S'il te plaît, design-moi un bouton ».

Le frangued'oc et le frangued'oil

Le bullshit n'atteindra son apogée que lorsqu'il sera adopté par chacune et chacun d'entre nous. Cela passe par un ancrage dans les territoires, donc par un mélange du franglais aux langues locales. Toujours au service d'un message bullshit.

À ce titre, j'ai le plaisir de tendre une oreille sur le cours de *growth hacking* de mon homologue provençal, Antounin Galafrio, qui fait chanter le frangued'oc comme notre très « pouéntu[1] » (sic) frangued'oil ne chantera jamais.

Savourez la musique, en imaginant en fond le bruit des cigales : « kss kss kss kss kss ».

1 *Pointu.*

Enfin… « churk, churk, churk, churk, churk[2] ».

> « Hellóu totes !
> Aqui c'est l'ensignadou dóu cous de bullshitou en frangued'ocian numero 4.
>
> Sabès ce que c'est que lou ROAS ?
> Lou ROAS, qui s'escriéu devóuto RoaS, siéu l'initiale dou « Return On Ad Spent » qu'on pou traduire per « retorn d'investiment subre les dépensas publicitari ».
>
> Le ROAS se mesura ambè la formula :
> *« Bénéfici generat per la campanha divisé*
> *per les despensas publicitari »*
>
> Resultats que si gueita via le founnel de conversió que soun des KPI, en gros, hein, i que despenja dou :
> – CPC : còst per click.
> – CPM : còst per mil impresiò.
>
> Donc e imperatiu far du CRO !!! Alora hackès aquesta creissença, pardi ! Banda dou feignasses !!! E a cop segur avès una unicòrn !
>
> Uuuuuuuuu ! Parlant d'unicòrn… Lou Papé il en avié vist l'autre jorn ! Grosse coummé ça !
>
> Mai attenciò ! Olbidas pas : lou bullshit, es peta plus aut que soun cuou ! Brassan lou mistral, hein ! »
>
> Antounin Galafrio

2 Chant onomatopéique de la cigale, en anglais.

LA NOVLANGUE DES SIGNES FRANGLAISE

Dans la culture bullshit, nous sommes très inclusi·f·v·e·s. Il est important que les personnes sourdes-slash-malentendantes puissent parler notre belle langue dans toutes ses nuances, à leur manière. J'en ai parlé en steering committee, et nous avons ainsi créé la Novlangue des Signes Franglaise.

Vous le savez, la langue des signes diffère d'un pays à l'autre, il y a :
- le British Sign Language (BSL) ;
- la Langue des Signes Française (LSF) ;
- la Langue des Signes Québécoise (LSQ). (By the way, que les Québécois sont easy going, libéraux et lean ! Ils pensent tellement big picture… Bref.)

La Novlangue des Signes Franglaise (NSF, donc) évitera aux personnes concernées d'utiliser des gestes so LSF, des gestes synonymes ou à rallonge, là où il faudra simplement courber le bras gauche et le genou droit en inclinant la tête à 53 degrés pour dire *métaversifiable*.

En effet, un des fondements du bullshit est la sophistication. Il en va de même du signe. Il doit être sophistiqué, et donc faire appel à une gestuelle oversizée. La LSF utilise les mains, les doigts, les lèvres. La NSF sollicite tout le corps, un body usage à 360.

Nous cherchons présentement un ambassadeur NSF. Idéalement un investisseur sourd ou malentendant, type Business Angel ou VC qui obligerait les non-sourd·es / malentendant·es à pitcher leur startup en NSF afin de lever des fonds.

Alors je passe un message à tous nos candidats-ambassadeurs :

Dans un esprit d'ouverture, la Bullshit Community se pliera à vos exigences si vous avez une valeur ajoutée. Croyez en vous.

Ce n'est pas à vous de vous adapter au monde, c'est au monde de s'adapter à vous (si vous avez de l'argent à investir).

Pas qu'une histoire de franglais

Il m'arrive d'utiliser indifféremment les mots *bullshit* et *franglais*. Il est en effet d'usage de rendre ces deux termes quasi synonymes. C'est un abus de langage.

Reminder : l'âme du bullshit, ce n'est pas le recours aux anglicismes.

L'âme du bullshit, c'est de rendre complexe une chose simple afin que celles et ceux qui l'engendrent puissent cultiver une forme d'entre-soi et par là même s'approprier exclusivement ladite chose simple[1].

1 Volontairement, j'utilise ici une phrase complexe pour illustrer mon propos. Si j'ai perdu des lecteurs au passage, c'est que je maîtrise mon sujet.

Autrement dit, au-dessus du franglais, il y a le *flangage*, mélange de *flan* et de *langage*, qui peut tout à fait être constitué de mots 100 % français. Car…

Peut-être est-ce le sens de l'abstraction des penseurs français ?
Le raffinement de la gastronomie ?
Le romantisme et sa propension à oversizer les sentiments par les mots…

… il y a quelque chose dans la culture française qui favorise le bullshit.

Administrations et ministères sont alors les terrains idéaux pour sa mise en œuvre.

Je soupçonne les Anglo-Saxons, cabinets de consulting en tête, d'avoir flairé ce terreau fertile. Ils ont mesuré le potentiel à créer de l'entropie en France, par leur simple présence !

Avant même qu'ils aient ouvert la bouche et dégainé un *benchmark*, l'administration française s'est mise en ordre de bataille pour soulever des questions telles que : comment optimiser notre méthode de travail avec ces consultants en mission d'optimisation de notre méthode de travail ?

Il n'y avait plus qu'à allumer la mèche avec quelques anglicismes. Sur lesquels on rejette alors la faute…
Puis commence la bataille du français contre le bullshit. Sous forme de débats qui génèrent du bullshit.

Et le bullshit en ressort encore plus fort. Forever.

LE BULLSHIT ENGLISH

Notre culture a sa propre langue française, mais aussi sa propre langue anglaise ! Pour l'apprendre comme il se doit, une adresse : le *Bullshit Institute*. Dialogue avec son fondateur, Cédric Lenglet. *In English. Bullshit English!* À lire à haute voix avec votre meilleur french accent.

Jean-Bill Duval : What is the goal of the Bullshit Institute?

Cédric Lenglet : The goal of the BSI is to teach the Bullshit English, or should I say BSE because in BSC[1] we like to use h'acronyms (and h'add an *h'ache* where there is no *h'ache* – go understand why).

1 Bullshit Culture.

J.-B. D. : So firstly, what is BSE?

C. L. : It is an English dialect that English native speakers cannot understand easily. With lot of sophisticated wording, expressed in English (which is a simple language by nature), in order to complexify it and make it French bureaucracy-like.

J.-B. D. : And how does it happen?

C. L. : When you have to speak English in a French environment, you slide little by little. And *slide* is the right word because PowerPoint is a good tool to slide from normal towards Bullshit English, hein ? To slip, I slope, slibard. Impeccable.

J.-B. D. : So why don't people just speak French?

C. L. : In fact, English is a disguise just to give the impression you belong to a global world. But inside of you, there is a little voice saying : "Man, I come from Châteauroux; release my sneakers!"

J.-B. D. : When did you realize you were speaking BSE and not normal English?

C. L. : When I didn't know any more if I used true English or French translation… "In principle"… "At this stadium"… "Is it bacon or pig?"…

J.-B. D. : Is BSE difficult?

C. L. : Oh that yes! When you have to support a whole 8 hours journey of conf calls, with phrases like : "Like you want, Jean-Philippe, I am agree with the both proposition." You believe me, you don't believe me, but you fart a cable!

Hahaha vs Ahahah

Existe-t-il un rire bullshit ?
Potentiellement, oui.

L'humour, c'est-à-dire ce qui provoque le rire, peut parfois être bullshit. Du moins, certains rient du bullshit ; et il est de bon goût de pouvoir en rire car nous sommes de celles et ceux qui savent prendre de la hauteur par rapport à nos propres travers.

Par exemple, si vous lisez les textes de mon neveu humoriste Karim Duval, vous verrez qu'il provoque des métarires en faisant du métabullshit. Vous ne saurez alors plus si vous riez de vous-même, ou de vous-même en train de rire de vous-même.

En revanche, le rire, lui, à l'instant où il jaillit de votre glotte, n'est rien d'autre qu'un cri spontané et bestial décorrélé de votre cerveau. Le rire est le propre de l'animal doué de raison qu'est l'homme. Il est incontrôlable et ne peut donc être bullshit.

La seule forme par laquelle le rire peut devenir bullshit, c'est à l'écrit.

Comment s'épelle votre rire ? Êtes-vous de la bande des compères *ahahah* ? Ou de la *hahaha* crew ? Vos gloussements à l'écrit sont chargés d'un bagage culturel.

Ahahah est un rire net et français, transcrit en alphabet latin. S'il y a un écho derrière, c'est tout au plus un héritage de Tintin et Milou : « Ahahah, sacré capitaine Haddock ! »

Hahaha, quant à lui, signifie « ahahah, j'ai la réf et je suppose que tu l'as… Non ? Bah moi, j'ai la réf. »
Hahaha, ce n'est pas du bullshit, mais ça vous met dans la bonne posture intellectuelle pour en faire.
Hahaha transpire une culture séries fournie, le stand-up underground dernier cri.
Hahaha se balance à contretemps dans le groupe WhatsApp « Famille ». Karim fait ça parfois :

> *« Hahaha… Sorry, ça me rappelle la série* The Clash Bones *sur HBO. OMG. »*

Personne n'a la réf, et malheur à celle ou celui qui répondra par un *lol*, quasi synonyme d'un vulgaire *mdr*.

« L'Interdigitale sera le genre humain. »

Anonyme

ONE NATION

Je veux que chaque bullshitteuse et chaque bullshitter, quels que soient son âge et son level d'advancement, se rappelle une chose : nous sommes une nation.
Unie par les liens du sens. Le sens que l'on donne aux mots, qui sont employés et qui confèrent une autre dimension à une table, à une chaise ou à l'hôpital public. Le sens que l'on donne à nos héros, à nos ennemis, à nos lieux totems, à nos symboles et à nos rêves.
Le sens de l'Histoire.

Aux smart guys la patrie reconnaissante

Il est temps pour moi de vous faire visiter le temple de notre civilisation, un lieu de recueillement très inspirant où j'aime m'imprégner de l'aura de nos héros passés et à venir...

Au confluent de la rue Soo'Flow, de la rue Saint-Jack et de la rue d'ULM, celle des User Layout Managers, il est là, imposant. Le Pantech'on, Panthéon de la tech. Vingt ans d'histoire vous contemplent.

Sur la devanture, une tag line :

« Aux smart guys la patrie reconnaissante »

Hommage sobre et vibrant à ceux (et celles) qui ont fait de l'innovation leur mo-to, de la transformation digitale leur mojo, de leur what et de leur why un how-to.

Startuppers (et startuppeuses), change makers (et change makeuses), growth hackers (et growth hackeuses)… Gloire aux hommes (oh, et puis f**k), gloire aux hommes qui font et fondent le récit – que dis-je : le storytelling national !

Agiles et fiers, lunettes au carré, barbe impeccablement taillée, les soldats du numérique marchent en chantant :

> « *On a planté des boîtes, on a levé des fonds*
> *Les caisses de l'État étaient un puits sans fond !* »

Avec pour seule arme leur matière grise, et pour barda un sac à dos renfermant un MacBook, ils convergent vers le temple de la Gloire dans une farandole d'uniformes :
Division du général Zuckerborg, parée de Stan Smith-Chino.
Division du général Nihelles, doudoune à manches courtes sous blazer bleu marine.
Division du général McQueensey, costard-cravate et flûte à bec.

Disrupter la silver economy, banaliser les NFT, optimiser la care, ubériser la EdTech, 3D-iser le papier, 2D-iser l'humain… Ainsi entendent-ils changer le cours des choses, ainsi projectent-ils d'entrer au Pantech'on.
Pour rester « on » lorsqu'ils seront « off ».

« LA FRANCE EST DIGITALE » : UN DISCOURS FONDATEUR

Il est des discours qui restent. Des discours fondateurs. Des discours qui soudent autant qu'ils divisent. Et prononcés par un président de la République, c'est grand, c'est beau, c'est digne.

> « Mes chers compatriotes,
>
> La France est digitale, la France va vite. Avec la 5G elle ira très, très vite.
>
> La France est digitale, en transition numérique, permanente, chronique. Elle occupe les consultants en conduite du changement qui pilotent le changement qui change.

La France est digitale, allons enfants, à vos tablettes ! SpongeBob, TikTok, Fortnite, là sont les enjeux du numérique !

La France innove et la France régresse. La France se love et la France dégraisse, la France s'aime et se délaisse.

Car la France est digitale et la Chine est manuelle.

La France est digitale et fière de ses licornes parties aux US à l'état de poney sevré de love money (merci papa, tonton et la Région).

La France est digitale ! Elle débat, échange, partage sur les réseaux sociaux dans la tolérance d'Autrui… ainsi que de la mère d'Autrui et de sa sœur.

La France est digitale, multiple, surtout binaire.

D'un côté, la France des grandes métropoles. De l'autre, la France périphérique.

La France qui dit *le wifi* et celle qui dit *LA wifi*.

La France qui gomme ses accents et celle qui en est fière.

La France agile et la France fragile.

La France qui hérite, et celle qui croit au mérite.

La France qui porte les slips et celle qui les fabrique.

La France qui speake un franglais qui la dépasse, et celle qui parle un français qui la déclasse.

Que de fermes sur la paille, que d'usines en friche !

ZAC désaffectée cherche incubateur de rêve !

Potentiel à coworking, pour une France de dev !

La France est digitale sauf le Cantal.

Vive la République, vive la France… digitale. »

Discours du président de la République française en ouverture du congrès Tech for freedom à Doha.

One dream

**Toutes les grandes nations
se sont construites sur un rêve.
Il est temps de formuler le mien,
pour la Bullshit Nation.**

Je rêve d'un monde sans frontières. Un monde où les femmes et les hommes ne sont pas que sœurs et frères mais collaboratrices et collaborateurs.

Il s'agit là de dépasser l'ambition des photos des banques d'images pour les présentations PowerPoint, mettant en scène des personnes originaires des cinq continents et qui sourient.

Je rêve de cheffes et de chefs de projet au service d'un projet commun, unique. Où toutes les entreprises ne font qu'une (avec sa badgeuse et ses agents de sécurité), mais *une* et *unie* ! Dépassons les clivages, au-delà des domaines d'activité et numéros de SIRET.

Les GAFAM ont créé des pays à taille humaine. Mais la seule taille humaine qui compte c'est celle de l'humanité. Alors réunissons ces mastodontes et crions : « Non à la guerre, non aux guéguerres ; pro- ou anti-metaverse. » Parlons-nous !

Les saints Steve, Jeff, Mark et Bill ont donné le la. Composons notre propre symphonie ! Sans chef d'orchestre. En bonne intelligence. Collective. Soyons dans le « nous ». Nounoyons-nous et ne nous noyons pas dans le non et le chacun pour soi. Dialoguons, hackathons, co-créons !
Quoi ? Je ne sais pas, et c'est ça qui est beau. Car au-delà du « quoi » et du « qui », il y a le « comment » :

Paperboards, post-it, Lego, Kapla, marelle, Monsieur Patate, Time's up!, Loups-Garous…

Jouons !

Jouons à n'être qu'uns.
Oui, *uns* avec un *s* ! Car il faut laisser la place à la pluralité des individus dans le collectif qui est divers et en cela même uni.

Et je rêve de phrases simples. Aussi.

One blazoon on zeu flag : la licorne

Le bullshitter est rationnel, mais avec cette dose de brume conceptuelle à l'orée d'un bois l'appelant à la féerie et à la quête, quasi spirituelle, de la licorne.

Animal féerique, fantasme ancré dans tous les esprits… Qui es-tu ?

Faute de te voir, on te définit en toute subjectivité. *Une licorne est une startup, non cotée en Bourse, valorisée à plus d'un milliard de dollars.*

Faute de te voir, on t'imagine, on te caresse du cerveau droit. On peine à te représenter.
En bronze, en polystyrène, en sucre… Gonflable, mimée (avec l'index sur le front, là) ou dessinée, sur notre blason national : le blason d'or à la licorne des ciels (cf. p. 50) !

Mais existes-tu vraiment ? Les évolutionnistes sont formels : aucune espèce n'a besoin d'une corne sur le front. Ni l'équidé ni la daurade.
Et l'humanité n'a pas besoin de Badaboom, cette startup qui développe un jeu de simulation sportive dans lequel les joueurs gèrent une équipe virtuelle en échangeant des cartes numériques basées sur les NFT. Et pourtant…

Pourtant, Badaboom est une licorne.
Titouan est page[1] aspirant écuyer[2] du Chevalier Exécutif Officiel, Nicolas de Montfort, seigneur du château de Badaboom.

Séquence émotion, instant transmission :

> « – *La licorne est un état, dit Nicolas.*
> – *C'est-à-dire ? questionne Titouan émerveillé.*
> – *La licorne n'existe pas mais on peut être une licorne. L'essence précède l'existence.*
> – *Donc une fois qu'elle est (licorne), elle peut exister ?*
> – *Et non !*
> – *Du coup…*
> – *Du coup, va, page ! Organise un banquet et festoyons ! Mangeoyons chevreuils, tofus et poulardes, et que Taureau rouge et vin coulent à flots ! J'exercerais bien mon droit de troussage, sur un malentendu.* »

Suite au banquet, Titouan ne donnera pas suite à son sta(tut de pa)ge. Car Badaboom ne donnera pas suite à Badaboom.

La licorne est une métaphore, et sa trajectoire une parabole.

---

1 Se dit aussi : *stagiaire.*
2 Se dit aussi : *alternant.*

Nomades

S'installer à une table de son choix
et travailler, c'est bien. Mais il faut
une étoffe à cette action trop… simpliste
au regard de l'exigence de notre culture qui,
je vous le rappelle, se doit de sublimer
les choses, aussi basiques soient-elles.
Laissez-vous porter par la magie du langage
et passez d'un boulot assis à un bureau
à la vie de nomade (assis à un bureau).

Votre best running app ever, Steppooo, le confirme : vous avez fait 1 327 pas et êtes arrivé à l'Oazeess ! Une usine désaffectée-réaffectée en coworking flambant neuf au style désaffecté.
Il semble que les startups ont triomphé sur l'industrie, que les design thinkers ont repris leurs droits sur les ouvriers.

La sueur des hommes d'antan
irrigue l'IA nouvelle
et porteuse d'espoir.
(Une envie de haïku, sorry.)

On murmure qu'un riche sultan chinois a décidé d'acquérir cette guitoune de 10 hectares pour la bagatelle de 50 millions d'euros. Il a sommé les CTO (Chief Touareg Officers) d'en faire le plus gros tiers lieu de l'innovation. Ever.
Aussi, les travailleurs nomades y ont élu domicile et attelé leur chameau. De boss il n'est point question ici : l'homme du désert digital est Lance-libre, chevalier des sables ; il avance seul.

Première chose à faire : s'abreuver. Ouf, le wifi n'était pas un mirage ! On a frôlé la mort à cause de cette 4G qui rame. Connexion internet, check.
Détox citron vert / olive, check. Macchiato, check. Deux-trois e-mails, une conf call avec l'associée en surf camp à Bali, et c'est déjà l'heure du morning break.

Baby-foot ou ping-pong ? Ce sera chill out sur le rooftop, duquel on aperçoit le caravansérail où des food trucks font halte.
Burgers, tacos, poké bowls, pizze, mezze, merguezze, sushis, ramens, pad thaï et autres empanadas viennent challenger les papilles blasées de millennials en mal de nouveauté. Un simple chirashi anguille fumée / baies de goji / edamame / reblochon du Mexique fera l'affaire. Back to basics.

Les ennemis de la culture bullshit

De tout temps, les cultures se sont forgées en résistant à l'adversité. Nous, bullshitters, avons toujours su faire face à nos détracteurs. Nous en sommes sortis plus forts, plus grands, plus sûrs de nous.

Même à travers leurs articles de blogs écrits en Times New Roman, je visualise leur air indigné. Bras sur les hanches, sourcils froncés, lèvres pincées, ils n'ont qu'une phrase à la bouche : « Mais qu'est-ce que c'est que ce sabir ? »

Pour votre gouverne, Messieurs, Dames, l'emploi du mot *sabir* est misleading.

Un *sabir* désigne une langue née du contact entre des locuteurs parlant des langues maternelles différentes, placés devant la nécessité de communiquer. Le bullshit language, lui, est né du contact entre des locuteurs parlant généralement la même langue maternelle, placés devant la nécessité de se rendre incompris des gens de l'extérieur.

On n'adresse pas du tout la même issue, là. Got it?

Et puis toujours à nous réduire à notre langue…

D'une, je vous défie de changer le monde (car oui, nous avons un objectif, nous !) sans slides, ni acronymes ni anglicismes. C'est impossible.

Et qu'en est-il de nos poètes, de nos peintres, de nos dramaturges ? Ouvrez-vous au monde et efforcez-vous de reverse engineerer nos codes. Sortez de votre entre-soi franco-français de linguiste aigri et cessez de nous observer comme des bêtes de foire ! Nous sommes IRL-friendly, nous utilisons la même version de PowerPoint que le commun des mortels.

Mais gardons notre calme et, comme je vous le conseille moi-même, jouons-la maître Aïkidoka (cf. p. 92). Laissons faire la nature : à ne pas vouloir s'ouvrir aux basics du SEO, ces personnes resteront mal référencées sur Internet.

Et leurs infolettres ne me font pas peur.

Djay Le Fougueux, la Légende

Légende vivante parmi les bullshitters. Il se prénomme Jérôme. Mais tout le monde l'appelle Djay Le Fougueux.

Djay, c'est cette ardeur impétueuse qui nous anime lorsqu'un sujet nous enflamme et devient l'objet de débats.

À ce jeu, Djay est imbattable. On raconte qu'un jour, Djay a passé neuf heures en réunion pour obtenir gain de cause.

15 octobre 2018, 10 heures. Un consultant expert vient présenter, à l'ensemble des 80 Performance & Focusness managers, la méthode OKR : *Objectives and Key Results*, qui va révolutionner la gouvernance verticale.

Question introductive : « Qu'est-ce qu'un objectif ? »
Une personne répond fébrilement : « C'est un but visé et visant à nous rendre plus efficaces », histoire de briser la glace.

Djay le prend mal. Très mal. Il se lève et lance :
« Être efficace n'est pas un objectif, c'est un moyen d'atteindre un objectif. »

La tension est palpable. On baisse les yeux. On tente de nuancer son propos.
Trop tard. Jérôme a déjà dégrafé un bouton de sa chemise, fou de rage. La rage de celui pour qui « un objectif est un objectif » et « être efficace est un moyen d'atteindre un objectif ». Point.

Impossible de le calmer. Les 80 managers se quitteront à 19 heures et la méthode OKR attendra.

La légende dit que sur le chemin du retour, au feu rouge, Djay a cassé la mâchoire d'un automobiliste en criant : « Et ça, c'est un objectif, peut-être ?!? »

Djay est un Poitevin au sang chaud. C'est un latino du meeting, un salsero de l'acronyme, un caliente du process.
Djay, c'est la sueur, l'odeur de transpi qui plane sur la salle de réu comme la brume sur un champ de bataille. « Il s'est passé quelque chose ici… »

Encore un brainstorm épique de Djay Le Fougueux.

« Pressez les process, et abreuvez-vous de leurs jus ! »

e-Picure

ONE CULTURE

Bien que chacune et chacun ait son identité propre, une large majorité des bullshitters participent, dans l'anonymat le plus total, à ce chaos, à cette agitation linguistico-conceptuelle qui maintient le bullshit en vie (et je les en remercie).

Et puis il y a celles et ceux qui ont choisi de laisser une trace de leur passage sur Terre, par le biais de livrables artistiques. Peinture, sculpture, théâtre, cinéma, littérature[1]... notre vie culturelle est foisonnante !

Je vous présente ici un short sample de ce qui constitue pour nous un second souffle. Renaissance.

1 Cf. également le Poésie corner, p.174.

(SM)ART

LE DESIGN THINKER DE RODDIN

Ce corps à la musculature imposante,
cette main soutenant cet homme,
un post-it sur le front...
Vous l'avez reconnu :
c'est *Le Design Thinker* de Roddin,
œuvre phare de notre patrimoine.

À l'origine, le *DTR* faisait partie d'un tout, d'un projet plus high level. C'était une sub-piece nommée *Zeu Poet*, postée au tympan de la Porte de l'Enfer, que le sculpteur avait offerte à l'association loi 1901 France Manufactures, incarnation de l'enfer sur Terre.

Penché en avant, Zeu Poet observe ce monde décroissant peuplé de créatures démoniaques appelées « Agrikultors », et à la connexion 3G limitée. No-go pour le metaverse.

Zeu Poet représente le célèbre poète freelance Indepen'Dante, auteur de la Digital Comedy et icône des entrepreneurs, qui transcende sa souffrance de startupper en poésie.

Zeu Poet va au crossfit 3 fois par semaine. *Mindset sana in corpore sano.*
Kalos kagathos. Corps et esprit réunis. Être charnel torturé, mais à l'esprit libre.
Sa devise : « Think big. » Raison pour laquelle Roddin réalisera une reproduction plus grande et surtout isolée : *Le Design Thinker*, qui trône actuellement au musée Roddin, entre Zeu Eiffel Tower et les Disabled.

Le Design Thinker ne pense pas. Il *phosphore*. Très fort.

Potentiellement à l'aube d'une session d'idéation, une Créative ? Focus sur le besoin client, keep customer-centric… Ou peut-être fait-il un pas de côté ? Pour songer à ce qu'il est, ce qu'il fait, à son WHY, à son WHOM, ou pourquoi son cœur fait BOOM.

Nu, dépourvu de marqueur social, il incarne le bullshitter universel face à la question de la vie, de la mort et du jugement qui l'attend : lèvera-t-il des fonds ? Deviendra-t-il licorne ? Senior Associate ?

Mais assez réfléchi !

« Il est l'heure de changer le monde. »

Ainsi parlait le Design Thinker. En silence.

(SM)ART

Le powerPointisme

Le bullshit est présent jusque dans les arts plastiques. Et comment passer à côté de ce mouvement phare, né dans les années 2010, le powerPointisme et son précurseur : Johan Miromesnil.

Jean-Bill Duval : Hello Johan Miromesnil !

Johan Miromesnil : Alors juste un petit détail… Je préfère qu'on m'appelle par mon nom d'artiste : Joan Mirosoft.

J.-B. D. : OK ! Et d'où vient ce name switch ?

Joan Mirosoft : C'est un hommage au peintre espagnol Joan Miró dont le powerPointisme est un héritier. Et puis, qui dit PowerPoint (je travaille essentiellement sur slide), dit Microsoft. D'où Mirosoft.

J.-B. D. : Pour les quelques lecteurs qui n'auraient pas la réf, je vous mets ici une des master pieces de Joan Miró, as a reminder :

Femme, lune, étoile, 1949, Joan Miró, 1893-1983, espagnol, lieu de conservation : collection particulière.

J.-B. D. : Comment en es-tu arrivé là ?

J. M. : À la base, j'étais consultant. Donc naturellement, PowerPoint a toujours été un moyen d'exprimer mes idées (et mes émotions parce que, chez Strat&Sharks, on était dans l'humain). Puis un jour, en bossant une prez, je me suis dit : et si j'effaçais le texte des schémas, diagrammes, roadmaps de mes slides ? D'où le nom de ma première expo : *ERASE.*

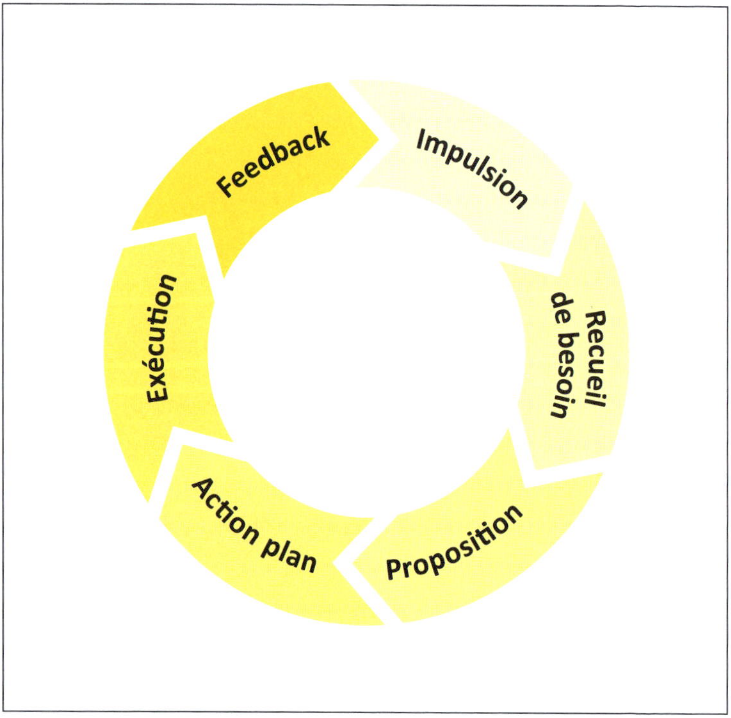

The Cycle of Change, slide brute originelle ayant précédé *Cyclik*.

J.-B. D. : Le powerPointisme était né !

J. M. : Presque. Il a fallu trouver un sens à ma démarche : retirer le texte de la forme géométrique, c'est retirer les mots au contenant de l'idée, donc à l'idée, donc un retour à une certaine idée, pure, de l'idée.

Cyclik, tableau final après application de la technique de l'erasing.

J.-B. D. : C'est bullshit, ça…

J. M. : Oui ! D'autant plus que j'imprime mes slides en HD, je les encadre et je les vends à mes anciens collègues ! Avec eux, j'ai trouvé mon market fit parce que le powerPointisme matche avec la conception de la folie chez le consultant. Je lisse les excès de Joan Miró pour redonner à la forme géométrique sa normalité. C'est l'esprit Mirosoft.

CINÉMA

LA GUERRE DU VENT

—

LE PITCH

Comment parler de culture bullshit sans évoquer *La Guerre du vent* ? Comme le dit si bien Arnaud Laplanque, chargé de la transversalité au ministère du Changement et Chief Contextual Manager émérite : « Ce chef-d'œuvre est le souffle même de notre civilisation ; il en rappelle les bases, creuses, vides, aériennes, et c'est ça qui est beau. »

LE PITCH

2045. À l'ère du web 13.0 et des missions de conseil obligatoires au sein de tous les ministères, les *Homo Triple Sapiens* possèdent le vent. S'ils savent l'entretenir, ils ignorent comment le créer.
Un jour, alors que l'urgence écologique et la quête de sens font revenir les travailleurs à des choses plus concrètes, le vent s'arrête de souffler. Trois *Homo Triple Sapiens* (un consultant en stratégie, une life coach et un directeur de cabinet ministériel) partent à la conquête de ce vent perdu, dont dépend leur survie (et leur business model).

La Guerre du Vent est aussi l'histoire d'un homme freiné dans sa volonté de pourvoir à la survie des siens par un ennemi intérieur qui se nomme « humanité ». Il passe des rapports de dominance à un rapport émotionnel.

LA PRESSE EN PARLE

> *« Les acteurs sont d'une authenticité époustouflante : une interprétation du consultant plus fake que contre nature ! »* **Télérama**

> *« Une historical saga qui décoiffe ! Un must see pour quiconque veut connaître et faire connaître les basics de notre culture. »* **Challenges**

> *« La quête initiatique de trois de nos concitoyens déboussolés par les affres de la vie réelle. On passe par une palette d'émotions 4D. »* **The Digital Review**

LES NEXT STEPS : Scènes cultes à venir !!!

CINÉMA

La Guerre du vent

—

Scène culte 1 : une idée de génie

Se forger une culture, c'est aussi savoir faire l'effort de se souvenir, de chercher ce qui nous définit et nous unit. Merci aux acteurs de nous montrer la voie dans ce qui, très rapidement, est devenu une scène incontournable du film.

Nos trois héros (Maxence le consultant, Cléophane la life coach et Hubert le dircab) tentent de se souvenir des conditions dans lesquelles leurs prédécesseurs avaient réussi à produire du vent. Soudain, Hubert a une idée brillante…

HUBERT

Faisons une réunion !

MAXENCE

Une réunion ? Qu'est-ce que c'est ?

CLÉOPHANE

Je crois que Hubert propose de faire un meeting.

HUBERT

Oui, au temps pour moi : un meeting.

MAXENCE

Un kick off meeting.

HUBERT

Exactement. Cela permettra de créer des conditions encore plus optimales à l'obtention du vent… On raconte qu'aux ministères de l'Éducation nationale, de la Transition écologique ou encore de la Santé, on en faisait beaucoup, dans les années 2020… Faites-moi confiance : faisons un meeting.

MAXENCE

En distanciel, ce sera encore plus efficace.

Ils rient de bon coeur.

CLÉOPHANE

Hahaha !

MAXENCE

Hahahahaha !

HUBERT

Ahahahahah…

Regard dubitatif des deux autres.

Euh, sorry : hahahaha.

CLÉOPHANE

Bon, OK. Je rentre chez moi pour bosser en remote. Maxence, tu vas coworker tout seul dans le coffee corner. Et toi Hubert, tu prends une salle de meeting, espace « McQueensey ».

En entendant ce nom, Maxence, traversé d'une émotion vive, s'arrête net.

HUBERT

Ça va, Max ?

CLÉOPHANE

Maxence, je crois que tu es traversé par ce que l'on appelle un « sentiment ». C'est l'occasion rêvée de te recentrer sur ton présent.

MAXENCE

OK, je l'ajouterai à ma to-do list. Mais nous avons une tâche beaucoup plus urgente dans le pipe : générer du vent.

CLÉOPHANE

Yes, restons focus. Tout le monde à son poste ! Je vous envoie un lien Zoom !

Ils partent, chacun·e dans sa direction, le torse bombé et prêts à retrouver le vent. La visio s'annonce prometteuse…

CINÉMA

La Guerre du vent

Scène culte 2 : Wind is back

À chaque fois que je visionne cette scène de *La Guerre du vent*, je reprends espoir en l'éternité de notre belle culture. Toujours mise à mal mais en perpétuelle renaissance itérative.

Pendant leur visioconf, nos trois héros cherchent désespérément à générer du vent en employant un maximum de bullshit words. Lorsque soudain…

HUBERT

Han ! Une feuille a bougé, là, sur mon bureau !

MAXENCE

Une quoi ?

HUBERT

Un iPad 12 format A4 en papier, si tu préfères. Là, blanc avec du texte dessus et des diagrammes en camembert… Il a bougé sous mon nez, j'ai senti comme de l'air !

CLÉOPHANE

Tu en es sûr ?

HUBERT

Puisque je vous dis que c'est vrai ! Je crois que c'est juste après que tu as dit : « … process build up. »

MAXENCE

Mais ces trois mots ne peuvent pas générer du vent en standalone. C'est parce que tu m'avais posé une question avant. Essaie de t'en souvenir !

HUBERT

Raaaahhh ! Je n'y arrive pas, cette feuille de papier m'a fait tout oublier...

CLÉOPHANE

Respire, connecte-toi à ton ego-hub, Hub. Essaie de visualiser ton état émotionnel au moment où tu as prononcé ta phrase. En PNL, on appelle ça « réveiller sa zone du cortex post- »...

HUBERT

Attends ! Je crois que ça revient : « Au vu... de la target Q3... quels sont... les pain points ? »

MAXENCE

Ce à quoi j'ai répondu : « La time criticality se situe au niveau du process build up. »

CLÉOPHANE

Han ! Une bourrasque de vent, dans mon bureau !

HUBERT

Fenêtres fermées ?

CLÉOPHANE

Ouiiii !!!

HUBERT

Au vu de la target Q3, quels sont les pain points ?

MAXENCE

La time criticality se situe au niveau du process build up.

TOUS ENSEMBLE

Euphoriques.

Du vent !!!

CLÉOPHANE

Capitalisons sur cet achievement !

Le vent souffle de plus belle.

MAXENCE

D'accord ! Euh… Je propose de wrappupper la solution qui a été submittée lors du copil et que le comité exécutif s'est commité à implémenter.

CLÉOPHANE

Ça ne fait pas sens pour moi. Que veux-tu dire par là ?

MAXENCE

Je ne sais pas… mais ça marche ! Le vent souffle fort, en mode sustainable !

HUBERT

Wind is back !

LE BOURGEOIS GENTLEMAN

Séquence mythique du théâtre bullshit : la scène 4 de l'acte VII du *Bourgeois Gentleman* : Monsieur Jourdon est un industriel fortuné. Ne sachant que faire de sa fortune, il souhaite investir dans la Tech, mais il ne pipe mot à ce domaine. Il fait appel à un Tech Consultant pour l'aider à écrire au CEO d'une startup qui promet.

MONSIEUR JOURDON : Au reste, il faut que je vous fasse une confidence. Je voudrais investir dans une startup de grande qualité, et je souhaiterais que vous m'aidassiez à lui écrire quelque chose dans un courriel que je veux dropper à son CEO.

TECH CONSULTANT : Fort bien.

MONSIEUR JOURDON : Cela sera innovant, oui.

TECH CONSULTANT : Sans doute. Sont-ce des paroles agiles que vous lui voulez écrire ?

MONSIEUR JOURDON : Non, non, point agiles.

TECH CONSULTANT : Vous ne voulez que du waterfall ?

MONSIEUR JOURDON : Non, je ne veux ni agile ni waterfall.

TECH CONSULTANT : Il faut bien que ce soit l'un ou l'autre.

MONSIEUR JOURDON : Pourquoi ?

TECH CONSULTANT : Par la raison, Monsieur, qu'il n'y a pour travailler que le waterfall ou l'agilité.

MONSIEUR JOURDON : Il n'y a que le waterfall ou l'agilité ?

TECH CONSULTANT : Non, Monsieur : tout ce qui n'est point waterfall est agile ; et tout ce qui n'est point agile est waterfall.

MONSIEUR JOURDON : Et comme l'on travaille qu'est-ce que c'est donc que cela ?

TECH CONSULTANT : Du waterfall.

MONSIEUR JOURDON : Quoi ! quand je dis : « Nicole, apportez-moi *Le Figaro*, et préparez-moi un café », c'est du waterfall ?

TECH CONSULTANT : Oui, Monsieur.

MONSIEUR JOURDON : Par ma foi ! il y a plus de quarante ans que je fais du waterfall sans que j'en susse rien, et je vous suis le plus obligé du monde de m'avoir appris cela.

LinkedIn -sur-Mer

POÉSIE

Mon neveu tenait à vous offrir ce poème, inspiré, je cite, « de ces mémorables parties de pêche au *like* cendré »...

LinkedIn, au réveil je ne vois que ton bleu
Cet azur d'open space des années deux mille
C'est pourtant bien la mer qui enchante mes yeux
Huit heures, marée haute : au travail, grandes villes !

Le matin c'est le pic selon mon growth hacker
Faut poster, commenter, attirer l'attention
Des gens dans les transports en sursis de labeur
Ou de ceux pour qui taf égale récréation

Toutes ces réactions flattent tant mon ego
Je fais mousser l'écume et les embruns me fouettent
Au visage éreinté par cette vidéo
Qui a ruiné ma nuit et m'a bien pris la tête

Puis d'un coup, neuf heures trente : c'est la descente
Les flots et les fans se retirent de mon fil
Ce fil mince auquel tient ma vie de dilettante
Je moque le bullshit mais de moi, qu'en est-il ?

Compter, liker, scroller, joies de la pêche à pied
Un coquillage vide convie au silence
Face aux publications que la mer a charriées
D'ici la pause déj', y a le temps, je me lance

Citations, achievements, on s'autocongratule
D'un succès, d'un échec, d'un forum innovant
Il y a ceux qui affirment et puis ceux qui spéculent
Sur une fin du monde et toujours en croissant

En somme, c'est mer d'huile pour pas dire lisse
Mêmes les vieux réacs n'oseraient dire tout
On montre son best of, pas le fond des abysses
Quand on y met la forme un remous est tout mou

Et pourtant LinkedIn tu es bien le reflet
Timoré d'une arène aux guerriers bienveillants
Au wokiste engagé qui de vagues ne fait
Un mâle blanc vomit son : « C'était mieux avant. »

Sous couvert de nuances je me dis l'arbitre
De courants opposés où se fraie un chemin
Le rire futile venu du cœur du pitre
Qui défie le sérieux de cet abcès à point.

Karim Duval, « LinkedIn-sur-Mer »,
Si j'étais corpoète, BS Editions, 2023.

POP

SUPER-HÉROS : BULLSHIT MAN !

La culture bullshit a ses héros.
Et ses super-héros.

Il y a bien sûr :
- Disrupt Woman et son superpouvoir innovant.
- Slider Man et ses prouesses sur powerPoint.
- Bot Man et ses messages automatiques générés par une I. A. qui vous font croire qu'il est là alors qu'en fait non.

Je vous laisse le loisir de vous procurer leurs déguisements[1] pour votre prochain team building.

Le plus fort, c'est Bullshit Man.

1 Hoodies, cravates, doudounes à manches courtes…

Bullshit Man est un supra-héros, le super-héros absolu qui n'existe peut-être même pas dans le monde imaginaire.

Alors qu'une pluie de Yellow Jackets s'abat sur les ronds-points de Grandesvilles, le jeune Mark Kont (c'est son nom officiel) est parachuté sur Terre.
Il est recueilli par une famille de banquiers d'affaires qui le protègent car ils sentent que ce « jeune homme » est différent. Il a le potentiel de les représenter, eux, timides bienfaiteurs incarnant le Bien.
Malgré un cheveu sur la langue, Kont maîtrise la novlangue comme le parler ancien, notamment le bas ratin. À l'aise et vif, il parle « défense » dans une war room un jour, « défis rigolos » sur TikTok le lendemain.

Bref, son superpouvoir, c'est la communication, son joujou face aux profs, aux soignants, aux policiers… ces forces du Mal qui tentent de l'affaiblir à l'aide d'un matériau : la dékryptonite. Faite de 33 % de seum, 33 % de bon sens populaire et 34 % d'arguments, la dékryptonite est la matérialisation de ce qui plombe Bullshit Man : le Fond.

Heureusement, notre super-héros répond par la Forme, jamais par la Force, à part peut-être un tir de calibre 49.3 çà et là.

Car Bullshit Man n'a qu'un but : rendre l'humanité meilleure, quoi qu'il en coûte.

« Je ne travaille pas. Je crée de la valeur. »

Le consultant anonyme

COACH JEAN-BILL

Mince est la frontière entre travail et vie perso... alors faites-la sauter !
Le bullshit est enraciné dans la vie pro, mais il doit infuser partout. De votre carrière amoureuse à celle de parent, en passant par votre daily behavior.
Je vous invite à poursuivre cette session de coaching en téléchargeant mon package de formation en ligne via le QR code suivant :

Bénéficiez d'une réduction de 30 % en entrant le code promo BULLSHIT_ME_SOFTLY.

Le bullshitter, maître Aïkidoka

Le bullshit est à la fois un art et un sport. Un art martial où règnent douceur et élégance car le bullshitter n'est jamais offensant ni offensif. Aussi, nous y retrouverons la même sagesse, le même mindset qu'en aïkido. Bullshitoka, Aïkidoka, même combat.

> *« L'objectif de l'aïkido est de contrôler et d'esquiver, autrement dit, de ne pas s'opposer à son adversaire, mais au contraire d'utiliser sa force, son énergie afin de le décourager d'attaquer*[1]*.* »

1 Source : Wikipédia. Premier résultat affiché par Google si vous tapez *aïkido*. Ce conseil est gratuit, offert par un ami consultant SEO.

Cette phrase pourrait figurer sur la devanture du Big Four des cabinets de consulting, nos porte-drapeaux aux Jeux olympiques. Un bon bullshitter n'est pas dans le *faire*, mais dans le *faire faire*, dans le *faire avec*.

Telle est notre mission :
Faire faire des gens qui font faire…
Faire faire avec des gens qui font faire faire avec…
Laisser faire faire avec des gens qui laissent faire faire. Avec ou sans : la décision leur revient toujours.

Ne vous salissez pas les mains, laissez faire l'autre, l'opérationnel, la brute engluée dans le *do*. Restez dans l'intention, le projet.

Soyez dans le *going to do*, dans le *going to be doing* ; voire dans le *going to be making the others do the to-do list*. Vous me suivez ?

Nous ne sommes pas des *makers*. Nous sommes des *change makers*.
La seule chose que nous faisons de nos dix doigts échappe à ces derniers ; ça s'appelle le changement, et encore… *faisons*-nous le changement ? Nous l'*accompagnons*, nous l'*impulsons*, nous le *drivons*.

Aïkidoka, laissez l'autre parler. Dites « voilà », « exactement », « je prends ton point »…
Puis reformulez ses propos dans un langage inventé par vous et décrété officiel.
Alors, l'autre, qui initialement détenait la connaissance, n'est plus le sachant mais l'ignorant.

La clé de bras est à portée de clic.

Be yourself, be authentique

Vivre son identité bullshit sereinement n'est pas simple. L'enjeu est de ne pas céder à la pression sociale et de s'accepter tel qu'on est. Je vous partage ici mes insights personnels sur la question.

Je suis un French bullshitter et je dois me faire une raison. J'ai beau m'appeler Jean-Bill, mon nom de famille me trahit. Ce n'est pas faute d'avoir, un temps, essayé de lui ajouter un *l*, mais *Duval(l)*, c'est gros comme le nez au milieu de la figure.

Nous, bullshitters issus de la diaspora française en France, avons la fâcheuse tendance à admirer une forme d'aisance qu'ont les Nord-Américains et les Extrêmes-Orientaux à s'accepter tels qu'ils sont.

Maintes fois j'ai envié Jennifer, working girl californienne en tailleur-chaussures de randonnée…
J'ai rêvé d'être Doug, 140 kg, patron texan décomplexé et disposé à parler ouvertement de son salaire (alors que chez nous l'argent c'est tabou… mais là n'est pas le sujet).
Sans parler de mon fantasme de me transformer en moine shaolin, en gourou hindou ou en Senior Peace Associate d'un ashram à Bali…

Bref, notre willpower est focusé sur l'objectif de trouver notre Moi dans un autre Moi, outre-Atlantique ou au-delà de l'Inde. Alors qu'il suffirait d'assumer notre French pride ! Cultivons notre auto-acceptance et cessons d'être des followers.

Nous, Frenchouillards, avons la gouaille. Alors guys, let's gouaille ! Gueulons, ripaillons, râlons ! Mais pas trop parce que sinon on va râler de notre côté râleur et loucher sur les Américains parce qu'eux sont positifs, ils ne râlent jamais… Aaaaaah, c'est endless à la fin !

Alors *be yourself and be authentique*, B****L DE M**DE !

Sorry. Parfois j'ai des envies de B et de M words.

LOVE CORNER

Réussir son date avec un·e non-franglais·e

Rien de plus optimal qu'une relation amoureuse entre deux bullshitters Les process sont fluides, l'info et les objectifs sont partagés. Aucun effort d'adaptation à faire. Mais parfois, la vie réserve des surprises : une personne étrangère peut venir vous extraire de votre confort zone.

DISCLAIMER

Tout en restant ouverts d'esprit, nous n'encourageons pas ce type de mix. Mais c'est un Use Case qu'il nous semble bon d'envisager.

Un coup de foudre ne peut être anticipé à 100 %. Des chercheurs de l'Université du Dakota ont estimé à 83 % le taux de prévisibilité des comportements amoureux. Sous réserve d'avoir les applis qui mesurent votre rythme cardiaque, vos stats de sudation, et qui crossoverent vos datas avec celles de la personne en face. La part de mystère de la vie est donc quantifiée à 17 % et c'est ce qui fait toute sa beauté. Nous aspirons à être des humains augmentés, mais nous sommes des humains avant tout.

Donc, si toutefois vous schedulez un date avec un non-bullshitter, foncez ! Dépassez vos croyances limitantes. Et appréhendez ce meeting galant avec méthode.

Je vous propose l'approche KBC : Knowledge. Behavior. Compliance.

TOOLTIP

Approche KBC

Knowledge – Quelques guidelines pour connaître le terrain :
- Ça fait mal de le dire mais… parler un français impeccable peut aider.
- Prenez connaissance des villes de moins de 300 K habitants. Cholet, Mende, Besançon… Major non-bullshit places.
- Suivez des MOOC en ligne sur la France des territoires.

Behavior – Observez les gestes, les expressions, l'attitude de votre interlocutrice ou interlocuteur. Il est possible qu'il ou elle n'ait jamais mangé de poké bowl. Dans leur langue, ils appellent cela une *salade mixte*. Accueillez. Acceptez la différence.

Compliance – Enfin, analysez. La personne est-elle à même de s'ouvrir à la culture bullshit ? Pensez long term : accepterait-elle de nommer vos enfants Stellantis, Kikooz ou Nemesoft ? Quid des beaux-parents ?

LOVE CORNER

BULLSHIT LOVE

Si le français est la langue de l'amour, le bullshit la transcende. Bien plus qu'une langue, c'est un langage, une posture ; le terreau aérien, mais fertile, de la séduction.

Reconnaissons-le : historiquement, notre langue emprunte au français et, plutôt que d'en rougir, apprenons à l'assumer en nous rappelant que c'est la langue du french love. Rien que d'en parler, j'ai envie de créer une appli de rencontre ; elle s'appellera Ooolala. La version béta sort dans 24 heures.

Mais il y a dans le bullshit quelque chose d'ineffable, qui relève de l'éther.
Selon les anciens, l'éther est un fluide subtil, impondérable, remplissant les espaces situés au-delà de l'atmosphère terrestre.

Le parallèle me semble immédiat.
Quiconque a fait une visioconférence à 50 participants le sait : le bullshit nous fait toucher l'impalpable.

Souvent accompagné d'un bâillement, il nous arrache à la réalité pour nous plonger dans un monde semi-onirique où les process croisent les licornes sur la roadmap de l'imaginaire.

Quoi de mieux pour envisager l'Amour, absolu, libéré de toute contingence physique ?

Le sens de l'euphémisme, la part d'ambiguïté dont regorgent nos phrases sont le signe même de l'attention que l'on prête à l'être aimé : *explorer de nouveaux horizons* c'est tout de même plus doux que *se faire virer comme un malpropre.*

> *Bullshit, flou de la fougue, langage de la rondeur,*
> *prose de la douceur !*
> *Mindset de la bru ou du gendre idéal, de celles*
> *et ceux à qui l'on donnerait le bon Dieu sans confession,*
> *Garant d'un amour inscrit dans la durée,*
> *d'une carrière affective. Sans concession.*

Aimez mid / long term avec le bullshit love.

SPORT

RUNNER VS JOGGER

On dit souvent que la langue bullshit fait l'apologie des anglicismes. Je trouve ce statement gratuit et misleading. Par exemple, *runner* et *jogger* sont deux mots anglais, mais *jogger* n'a pas sa place dans notre wording pour autant.

Outre le fait que *jogger* sonne très 90's (je ne suis pas nonadécaphobe, j'ai un ami fan d'Ace of Base), c'est un mot sans élan. Le comble pour désigner un « sport » !

Car on ne fait pas *du* jogging. On fait *un* jogging. Comme ça, pour le plaisir, on le case çà et là dans un agenda où la morning routine n'est pas légion.

On sort d'un jogging en disant :

> *« Ouah, eh bé, ça fait du bien ! »*
> *« J'ai croisé un vol d'hirondelles, je les ai saluées et elles m'ont répondu ! »*
> *« J'ai croisé un groupe de runners, je les ai salués. »*

Le runner n'est pas là pour échanger des politesses. Il ne fait pas des *joggings*. Il fait des *sorties*. Il est habité par un objectif, un projet.

Le jogger est un chasseur-cueilleur, le runner un *Homo optimus*. Sa discipline est une quête, avec des milestones et une toolbox.

Le runner est un coureur augmenté. Sobre, léger : montre connectée, appli qui display les live metrics et health tracker qui alerte de chaque battement de cœur (Settings > Heartbeats > Notifications).

À l'arrivée d'une course, le runner boit, download son fichier Excel. Puis débriefe.

Le running est une profession semi-professionnelle. Rémunérée en nouveaux objectifs. Ou en altruisme : dans sa posture, le runner peut lever des fonds pour une œuvre caritative, juste en courant. Le jogger, lui, ne financera pas la recherche contre le cancer en faisant *des joggings*.

Le jogger est vulnérable, le runner inarrêtable. On kidnappe un jogger, pas un runner : ce serait mettre à mal ses statistiques.

ÉDU CORNER

ÉLEVER SON ENFANT EN MODE STARTUP

Un peu out of scope pour parler bullshit & enfance, j'outsource la section ÉDU CORNER à mon cher Amaury Lacourbe, jeune papa et entrepreneur, qui cartonne avec son best-seller *Élever son enfant en mode startup* (Fist Editions).

« J'ai écrit ce livre pour tous les parents qui veulent être heureux, c'est-à-dire faire des enfants optimaux et compétitifs dans la vie.

Devenir parent, c'est le projet de deux associés prêts à porter un projet disruptif ; on change de paradigme. Et avec ma femme, on en était conscients au moment de créer L'Enfant[1]. On ne l'a pas conçu, comme ça, par sérendipité. On l'a voulu, on a fait un business plan et on a bouclé une première levée de fonds pour le matériel et les couches.

Quand on a vu l'embryon à la première écho', c'est sorti tout seul, j'ai dit : "Ça y est, on tient notre MVP (Minimum Valuable Product)." J'ai même pas pensé à demander la due date !

Le parallèle enfant-startup est évident.
Un enfant utilise un jargon pas toujours accessible à l'individu moyen.
Au début, on dort très peu, on dépense beaucoup sans rien gagner en retour.
On est sur un taux de réussite de 3 à 5 % maximum. Très peu d'enfants réussissent, du moins au sens où *il faut* l'entendre, c'est-à-dire être au top.

Les anniversaires d'une startup et d'un enfant se ressemblent : il y a des jeux, des ballons, des bonbons, une déco très colorée ; ça s'agite dans tous les sens et, à la fin, on a mal au crâne.

Enfin, quand on voit l'état de la maison, entre la bouffe par terre, les poubelles de couches et les miasmes, on peut dire que l'enfant fait partie d'un écosystème. »

Amaury Lacourbe

1 Pour ne pas vous spoiler le nom de l'enfant, ici, nous l'appelons « L'Enfant ». Pour savoir comment nous l'avons nommé, je vous invite à lire « Soignez votre child branding », p. 106.

ÉDU CORNER

Hackez la croissance (de votre enfant)

Après avoir posé les bases de l'éducation de l'enfant en mode startup, Amaury Lacourbe nous parle croissance. Niveau bullshit, je ne peux que m'incliner : ce garçon est très doué.

« Dès son plus jeune âge, l'enfant doit aller chercher la croissance. La croissance cool, mais la croissance à deux chiffres.

Un gosse qui a la vigueur d'une PME qui ronronne ne m'intéresse pas. Même notre teckel nourrit de plus grandes ambitions.

La croissance, ça se hacke : le lait de vache, ça va un temps, mais à moment, il faut passer au taureau.

De manière générale, les techniques de growth hacking s'appliquent bien à l'épanouissement de l'enfant.

Pêle-mêle :

- ☞ Les "aarrreu" du bébé ne vont pas sans rappeler le *framework AARRR : Activation, Acquisition, Rétention, Referral, Revenu.*
- ☞ Un enfant est un call to action permanent, avec pour landing page sa mère (le père use souvent du lien de redirection).
- ☞ Taux de bounce énorme : grosse capacité à (se voir) dire "non".
- ☞ Généralement, l'enfant a un très bon SEO : on parle beaucoup de lui et il est facile de le retrouver. Soit grâce au bruit, soit parce qu'il est nul à cache-cache.
- ☞ L'enfant alterne inbound marketing (en cherchant à attirer l'attention) et outbound marketing (en allant vers vous).
- ☞ Tout enfant devrait avoir un Net Promoter Score (NPS, note de 1 à 10 : Recommanderiez-vous cet enfant à autrui ?). Tiens, ça me donne une idée d'appli pour baby-sitters exigeants !

Mais qu'on soit bien clair : rien de mieux que la chaleur humaine. Avec mon fils, on a une relation très C to C[1]. »

Amaury Lacourbe

1 En français : *Customer to Customer* (par opposition à *Business to Business*).

ÉDU CORNER

« SOIGNEZ VOTRE CHILD BRANDING »

Amaury Lacourbe a souligné l'importance d'élever son enfant en mode startup. Une fois engagé sur cette voie, il faut s'y tenir… dès le choix du prénom ! Son conseil : « Soignez votre child branding. »

« Pour notre aîné, on voulait un prénom qui sonne startup, mais pas trop mainstream.
Il y en a que ça ne dérange pas de modifier une lettre à un nom de licorne française. Au final, ça donne des Qonta, des Evalua pour les filles, Ixotech pour les garçons (qui cartonne en Bretagne). Oseriez-vous le désuet Minitèle ?

Outre leur côté convenu, ces prénoms sont durs à porter. Le gamin naît avec la pression de rencontrer le succès ultime, à savoir être valorisé à un milliard de dollars.

On est partis sur Dilboo.
Dilboo a 3 ans aujourd'hui. Il est heureux tout en étant performant.
Avec ma femme, ça a fait tilt tout de suite. Le débat a porté sur l'orthographe : elle voulait mettre cinq *o*. En plein WCM (Weekly Couple Meeting), je l'ai mise en garde : "Pense au logo de ton fils. Deux *o*, ça permet de dessiner deux yeux…"
Dilboo, c'est frais, innovant, avec un côté plateforme digitale. Donner à son enfant un nom de plateforme, c'est en faire une personne ouverte sur le monde, connectée.

J'ai des amis qui sont allés jusqu'à mettre des chiffres et des caractères spéciaux. Je suis un peu vieille école, mais appeler sa fille Athén@_sys2k23… c'est un coup à confondre prénom, pseudo et mot de passe. Sans compter qu'à la mairie, ils disent encore "tiret du 8".

Pour notre deuxième, on pense à un prénom composé vintage-acronyme. On attend avec impatience les résultats du sondage lancé sur LinkedIn, mais il semblerait qu'un Marie-USBC se dessine.

To be continued… »

Amaury Lacourbe

« La vie,
ce team building
géant qui unit
les peuples. »

Gabriel García Márx

TRADITIONS & PARTIES

Nous sommes le milestone d'un process
continu appelé « tradition ».

Jalonnée de fêtes rendant hommage à nos saints,
de grands moments de sport et d'émotion,
et, bien sûr, d'instants yummy & healthy,
la vie est une farandole.

Alors entrez dans la ronde et célébrons ensemble,
tournoyons, touillons ces petits riens qui forment
le Grand Rien dont nous sommes faits.

FASHION

NOTRE TENUE FOLKLORIQUE : LA DOUDOUNE SANS MANCHES

Les Aztèques avaient le poncho, les Arabes ont la djellaba... nous sommes fiers d'exhiber notre tenue traditionnelle : la doudoune sans manches !

Bleu marine ou noire, fine, la doudoune sans manches ne se porte pas en standalone. Elle sert d'ornement à une tenue plus classique. Le folklore veut qu'on la porte sous une veste de costume foncée ou au-dessus d'une chemise claire et unie.

Le costard trois pièces montre que je suis de celles et ceux qui adressent des problématiques business essentielles. ET[1]... je fais cela avec l'enthousiasme d'un hiker, les joues rouges

1 Encore une fois, nous sommes dans le *et,* pas dans le *mais*...

et fraîches d'un randonneur de haute montagne, le souffle et l'expérience d'un sherpa de la milestone. Dans cet accoutrement, même l'alternant ou le stagiaire imberbe en jette. Tu vois, mon petit, les montagnes, on les gravit, on les déplace.

Et sans métaphore aucune, la doudoune, *c'est* la montagne, là, tout de suite. Si je le souhaite, je pose une journée off pour me reconnecter aux cimes des Alpes, avant de retrouver les sommets de ma mission stratégique. Équilibre vie pro / vie perso.

Enfin, osez les chaussures (voire le sac à dos) de rando !

Avec le badge indiquant que vous êtes « guest », « VIP » ou « speaker de l'Innovation Summit », fût-il de Bourg-lès-Valence (et payant)… suspendu à une sangle entourant votre cou et floquée du provider IT qui sponsorise l'événement…

C'est officiel : vous faites partie de ce monde.

Le mélange est incongru, me direz-vous. C'est là que s'exprime notre lâcher-prise vestimentaire, dans toute son amplitude. *Être sérieux sans se prendre au sérieux*[2]. Cette doudoune, c'est notre brin de folie.

Une folie partagée par la commu.

Une folie normée.

2 Comme aime le rappeler mon cher ami, Chief Humour Officer, Stéphane La Tranche, cf. p. 138.

SPORT

LE HACKATHON, DÉFINITION

HACKATHON n. m. • Innovation contest[1] où les participants se réunissent pour générer des idées et concevoir des solutions sur une période très courte.

Je ne sais pas vous, mais moi, je sens le fumet du bullshit d'ici.

Le hackathon est une orgie. Le hackathon est notre soirée mousse et il devrait y avoir des Macumba de l'idéation partout sur notre territoire !

Non que tous les hackathons soient bullshit, mais l'appellation même de *hackathon* porte en elle tous les ingrédients pour qu'il puisse être élevé à ce rang prestigieux.

1 En français : *concours d'innovation.*

Dans *hackathon*, il y a :

☞ *Hack* qui renvoie à *hacker* et *growth hacking*, donc respectivement et vaguement à la cybersécurité et au marketing. Première couche de flou : check.

☞ Et *marathon*, sport évoquant le dépassement de soi, la performance, et surtout *accessible* (« quand on veut, on peut », et Decathlon[2] fait du matériel de running à prix malin). Nous, bullshitters, sommes les Kényans de l'innovation.

Ajoutez à cela l'évocation, en creux, d'un de nos concepts chouchous, car propice à dérives et étalage tech-mondain : l'Intelligence Collective…

Mettez toutes ces chimères bout à bout dans la bouche d'un décideur : élu local, politique, consultant digne de ce nom…

… vous obtiendrez des grand-messes :

☞ Fermées : le bullshit, c'est comme le Covid, ça prolifère plus vite en vase clos.

☞ Overmarketées : la forme suffit car sexy, peu importe la solution à concevoir.

☞ Ne répondant plus à la définition initiale du hackathon.

Aussi, tout devient hackathon : brainstorming, séminaire d'entreprise, groupe de parole, steering committee, mölkky géant, chenille… même le startup weekend en est !
Alors que ça n'a rien à voir puisqu'il s'agit de la même chose, mais le weekend.

Si c'est pas du bullshit, ça y ressemble.

2 D'ailleurs, organisent-ils des *hackathlons* chez Decathlon ? Si ce n'est pas le cas, je leur envoie une propal.

SPORT

Un peu d'histoire : la légende du hackathon

Cette légende n'en est pas une car j'en suis le témoin : je vous parle là d'un ami.

Au début de l'ère post-minitel, Gérard Ménélasse, maire de la prospère cité d'Issy-les-Moulinos et commandeur en chef d'Excelsia2000, ordonne à mon ami Philippe de trouver un terme unique pour désigner :

UNE FEUILLE DE ROUTE

Fort d'une première expérience dans la réclame et adepte du brainstorming, mon Philou avait en effet fondé le cabinet de tempête sous le crâne : Philippe Idées (excusez le branding trivial, les early 90's, que voulez-vous).

Aussi Philippe accepte courageusement la mission de Ménélasse et se lance à la recherche du mot adéquat, entouré d'une équipe de trente ingénieurs et autres Sup de co. Ils s'enferment dans les locaux de PI, à Puteaux, et éliminent un à un les termes inappropriés, les adjectifs trop emphatiques… et surtout les mots français, ennemis de la modernité.

« Être à la page. »
Telle est leur devise.

Ils n'ont pour armes que des feutres Velleda et leur matière grise.

Au bout de 42 heures, un consensus est trouvé.
Au bout de 42 heures, 195 minutes exactement, Philippe a tout juste le temps d'envoyer un recommandé à Ménélasse. Une feuille A4 affichant un mot :

ROADMAP

… avant de mourir.

La tempête sous le crâne a frappé. Elle a emporté Philippe, mais elle a laissé ces sept lettres gravées à jamais dans les têtes de tous les chefs de projet.

En sa mémoire, aux quatre coins de l'Empire, on organisera des sessions de brainstorming. En présence de pompiers, cette fois-ci.

La première aura pour objectif de trouver un nom à ce type de sessions. Ce sera :

HACKATHON

SPORT

L'OVERASS FARTING, SPORT NATIONAL

L'Inde a le cricket, le Brésil le football, les États-Unis le basket. Notre sport national à nous, c'est l'overass farting.

Oui, nous sommes des péteurs en hauteur : comme son nom l'indique, l'overass farting consiste à péter plus haut que son postérieur en restant droit dans ses bottes.
Fléchir, ce serait tricher. Un bon overass farter n'a pas froid aux yeux quand il affirme des choses, quelles qu'en soient la pertinence ou la véracité.

Le recordman de l'épreuve aurait atteint le seuil de 4,07 cm au-dessus du coccyx pour avoir dit :

> *« Une startup nation est une nation où chacun peut se dire qu'il pourra créer une startup. Je veux que la France en soit une. »*

L'overass farting est un sport complet, qui requiert l'ensemble des LBM skills.

TOOLTIP

LBM skills

LANGUAGE
Atteindre un niveau de sophistication de langage tel...
BEHAVIOR
... qu'on paraît plus grand qu'on ne l'est...
MINDSET
... et que l'on situe ainsi son postérieur virtuellement plus haut.

Quand on y croit, ça marche et on arrive à réaliser cet exploit dans la vraie vie.

L'overass farting se pratique :

- soit en individuel (devant un parterre de fans en quête de storytelling inspirationnel) ;
- soit en équipe, en réunion ou en hackathon, par exemple.

Sans parler des chants de supporters… Pêle-mêle :

- *La Mars'eillaise*, notre hymne, scandé par saint Elon, notre Rouget de Lisle ;
- *L'Interdigitale*, chant des camarades ouvriers-codeurs, qui charbonnent dans la data et fouettés par nos soins ;
- … Et les classiques :

  « *Nous sommes les Franglais !*
  Et nous allons farter !
  Plus haaaaauuuut que tous-eu ! »

  « *Quand un concept se met à mousser*
  C'est Jean-Michel-eeeu qui va s'enflammer
  Allez allez ! Allez allez ! Allez allez bullshit allez ! »

  « *PO PO PO PO PO PO PO* »
  (le chant des Product Owners)

OVERASS FARTERS DE TOUS LES PAYS, SURPASSEZ-VOUS !

SPORT

Le Classicaule

Notre culture s'est faite autour de ce sport populaire qu'est l'overass farting. Et d'un axe cher aux bullshitters innovants : la vision de l'avenir. Évènement immanquable : OM-PSG, dit « le Classicaule ». THE match au sommet du championnat franglais.

L'OM, ou Olympique Martians, est l'équipe de ceux qui pensent que l'avenir est sur Mars. Propriétés de saint Elon, les joueurs de l'OM roulent en Fesla. Voiture électrique, cela va de soi.

Le supporter de l'OM a tendance à exagérer. S'il vit sur la Lune, il vous dira qu'il est allé sur Mars. Et s'il vit un jour sur Mars, il jurera qu'il est allé sur Pluton (et « qu'il faisait trop froid, 'con ! »).

Mais à l'OM, on tapit les résultats timides quant à une possible vie sur Mars dans un succès passé (ah, 1969…). Aussi répète-t-on cette phrase on ne peut plus startup, ce mantra d'early bird :

> *« À jamais les premiers »*
>
> Neil Armeustrongue

À l'OM, l'avenir, c'est ailleurs, mais surtout avant.

Au PSG, Petrol Super Gasoil, on pense que l'avenir est sur Terre, grâce à des ressources (pétrolières) infinies. À l'instar du Qatar, pays détenteur du club, ce dernier doit composer avec une histoire peu fournie.

En dépit de dépenses frénétiques court-termistes, le paradis sur Terre peine à se dessiner.

Au PSG, l'avenir, c'est ici et maintenant. Depuis des années.

Le PSG dit que l'OM a besoin de son pétrole pour aller dans l'espace. L'OM rétorque que le PSG n'aura d'autre choix que de fuir… Le tout sur Twitter (arène à tacles rachetée par le patron de l'OM, tiens).

La bataille continue sous les yeux des tièdes.

Ceux qui espèrent qu'il existe un ailleurs sur Terre. Dans le metaverse.

YUMMY !

Approche organisationnelle et comportementale autour de la raclette

Henri Caquelon est l'auteur du best-seller *Racklett-Based Organisational and Behavioral Approach*, traduit en français depuis sa traduction anglaise de sa première release française : *Approche organisationnelle et comportementale autour de la raclette.*

Jean-Bill Duval : LE must read des DRH ?

Henri Caquelon : Oui, dans ce livre, je fournis aux consultants en recrutement un prisme d'observation et de détection des talents dans le feu de l'action : en pleine raclette.

J.-B. D. : Pourquoi ?

H. C. : La raclette est un process multitâche et omnicanal complexe qui révèle les soft (et hard) skills d'un talent. Et puis c'est plus informel de dire « Faisons une raclette » que « Passons un entretien d'embauche. »

J.-B. D. : Une façon de les mettre à l'aise ?

H. C. : Oui et non. Dans le cas du bullshitter de l'Hexagone, la raclette est un moment où le côté franchouillard reprend le dessus, où il s'oublie et se remet à parler vrai. Cela peut représenter un piège et demande donc un maximum de self-awareness.

Tableau (non exhaustif) de catégorisation des rackletters types

Profil	Mode d'organisation	Personnalité	Débouchés
Ingestion continue	Mange en flux tendu, au gré des arrivées continues de fromage.	Peu bavard, focus sur l'objectif final : la salade.	Le concret : objets connectés, IoT. Dans le *do*.
Étourdi	Oublie son fromage et bouffe tous les cornichons.	Out of scope.	No go.
Bullshitter étourdi	Oublie son fromage mais s'en sort en soutenant que c'est parce qu'il l'aime cramé.	Smart.	Big Four des cabinets de consulting.
Cloisonneur	Compartimente son assiette : charcuterie / salade / patates / fromage.	Old school.	Client du Big Four des cabinets de consulting.
Open space	Mélange tout, même les patates.	Agile, créatif.	Projet de startup en phase d'idéation.

YUMMY !

LES ŒUFS AU PLAT EN MODE AGILE

L'autre jour, mon neveu Karim et moi faisions une visio « œufs au plat ». Quelle ne fut pas ma surprise lorsqu'il m'apprit qu'il cuisait, pour sa femme et ses deux enfants, attention... 8 œufs à la fois !

C'est tout sauf agile :

☞ **1.** Les 8 œufs sont engoncés dans une poêle trop petite (et qui colle).
☞ **2.** Les blancs des œufs au centre de la poêle n'ont pas d'espace où s'écouler, ils restent gluants alors que le jaune, lui, est trop cuit.
☞ **3.** Allez diviser le tout en 4 parcelles égales de 2 œufs.

Je parie qu'il fait ça avec une spatule en bois et que, pour inciser le blanc, il est obligé d'agiter. Et ça, c'est un jaune qui perce.

Pour faire des œufs au plat, il faut d'abord définir votre MVP, Minimum Viable Product. L'unité minimale porteuse de valeur pour le end user.
« L'œuf unique », me direz-vous ?

Non.

Un œuf, même standalone, n'a rien d'agile. Une poule n'a rien d'agile. Qu'est-ce que ce package indissociable [blanc + jaune] ? Ça s'appelle du product bundling. La poule travaille en silo, il faut unbundler sa vision des choses (et, par là même, la nôtre). Oui, ceci est un feedback que je fais à la nature. Si nous ne le faisons pas, qui remettrait en question cette supposée « perfection » ?

Le blanc et le jaune doivent être optionnels l'un pour l'autre. L'œuf est une entité customisable, fût-il au plat. Il faut dépasser cette construction sociale du rond jaune dans un rond blanc.

Karim me l'a avoué : sa fille ne mange que le blanc. Or, votre MVP doit répondre au besoin utilisateur dès la première itération. Une petite fille qui hurle à cause d'une goutte de jaune sur de l'albumine cuite n'est pas un happy user.

Preuve que la business value d'un blanc seul est supérieure à celle du bloc [blanc + jaune]. Less is more.

YUMMY !

La vinaigrette en mode projet

La bullshit cuisine emprunte naturellement à la gastronomie française. Comme l'illustre la vinaigrette, que nous appelons dans nos terroirs « French *vinaigrette* ».

Nous avons en effet enrichi la vinaigrette traditionnelle en sublimant sa product value sans altérer son goût (respect des traditions oblige). Comment ? En élevant la recette de la vinaigrette au rang de process.

Faire une vinaigrette en one-to-one avec soi-même, c'est simple, mais on ne vit pas une expérience collective. Et le résultat diffère d'une personne à une autre : c'est une sauce très cook-dependent.

Aussi, optez pour la vinaigrette en mode projet ! Cela vous forcera à travailler en équipe. Ou en squad ou en ruche, up to you… tant que c'est en mode « horizontal ».

Le mode « vertical », avec une hiérarchie, des chefs, etc., ne fonctionne pas. Chacun arrive avec ses insights sur la vinaigrette. Il faut faire appel à l'intelligence collective pour espérer obtenir la vinaigrette optimale, éventuellement. Celle qui matche avec l'ensemble des personnes autour de la table, ou du moins des stakeholders, c'est-à-dire des parties prenantes du projet vinaigrette. À très peu de choses près, vos invités.

En vue d'accompagner une salade verte pour 6 personnes, il vous faut donc :

☞ Un Chief Mustard Officer.
☞ Un Chief Vinegar Officer.
☞ Un Chief Oil Captain.
☞ Un Salt & Pepper Manager.
☞ Un Chief Executive Tooyer.
☞ Un Project Leader qui ne touche à rien et ne fait que coordonner la taskforce émulsionnelle que vous aurez cobuilduppée.
☞ Et, accessoirement : de la moutarde, du vinaigre, de l'huile, du sel et du poivre.

ÉPHÉMÉRIDE

La Saint-Elon (27 mai)

Vingt-sept mai de l'an deux-mille vingt.
Alors que l'humanité sort, groggy,
de sa première vague de Covid et apprend
laborieusement à pincer un masque
chirurgical sur le nez…
Elon nous arrache aux bassesses
du présent pour nous montrer la voie.

La voie de l'Après. Celle de l'Espace. Vers l'infini et au-delà.

Pour la première fois de l'Histoire, un vol habité dans l'espace est opéré par une société privée : SpaceX. Avec la sidération d'un chauffeur de taxi face au premier trajet Uber, la NASA ne peut que constater, applaudir. Trembler.

Ce n'est pourtant qu'un MVD : Minimum Viable Dream. L'embryon d'un rêve beaucoup plus grand : envoyer les humains sur Mars. Pas des scientifiques au QI exceptionnel. Non. Le commun des mortels[1]. Mixité sociale, galaxie pour tous ! Offrir une perspective à l'influenceur : après Dubaï, le selfie sur Mars.

> ***Louanges à saint Elon***
>
> *Elon, la planète brûle et tu nous redonnes espoir.*
> *La Terre est un enfer et Mars l'échappatoire.*
>
> *Tu es unique et pluriel.*
> *L'espace est ton dada et la voiture ton combat.*
> *Depuis les 90's qu'on n'avait pas vu ça :*
> *L'enthousiasme étiolé du cadre moyen est de retour !*
> *Jadis fier de son monospace, le voilà qui brandit sa Tesla.*
> *Son joujou, son amour…*
>
> *Elon, tu as sauvé le seul oiseau qui compte.*
> *Celui auquel l'humanité murmure en quelques signes ses vérités,*
> *son amour, sa haine.*
> *C'est désormais par ton propre canal (propre car digital !)*
> *Que l'Homme peut se soulager sans laisser de traces.*
>
> *Elon, tu es un Perfect.*
>
> *Tu es un saint, le prophète 360° de l'humanité entière.*
> *Des bas-fonds à l'au-delà.*

1 Après examen de leur dossier à la banque.

ÉPHÉMÉRIDE

La Saint-Steve (29 juin)

En l'honneur du jour de la sortie du premier iPhone (c'était en 2007), nous, bullshitmen & women célébrons la Saint-Steve !

Une date clé pour nous qui perpétuons ce mythe collectif de l'innovation continue que nous sommes fiers de porter, dans ces petits gestes essentiels de la vie quotidienne dont nous oublions, hélas, d'éprouver la saveur : allumer son smartphone, swiper droit, swiper gauche, checker ses notifications au réveil. Et savourer intensément les premières gorgées de dopamine.

Fêter la Saint-Steve, c'est fêter la sobriété fonctionnelle :

La joie, la simplicité emplissent nos corps
et nos cœurs lorsque l'on se remémore…

… notre première expérience de l'iPhone, en tant qu'humain et surtout en tant qu'utilisateur.

Un bouton, un écran tactile, des icônes qui lancent des apps par une simple pression de l'index. De l'envie au résultat, il n'y a qu'un clic. Qui ne fait pas « clic ». De l'envie au résultat, il n'y a même pas un bruit.

Steve continue de nous inspirer tous les jours. Par son aura et son storytelling, il nous aide à déplacer des montagnes, à contourner les obstacles, à vaincre ce qui pourrait s'opposer à notre volonté. Patience. Résilience.

N'oublions pas ce message délivré en ce saint 29 juin à travers son bijou technologique :

> *« Je veux, j'obtiens. Tout de suite. »*

ÉPHÉMÉRIDE

LA SAINT-JEFF (5 JUILLET)

5 juillet 1994. Jeff a une épiphanie, accompagnée d'une *metrics* : Internet est un marché qui croît de 2 300 % par an.

Jeff décide de créer la plus grande librairie du monde. Assouvir notre soif de lecture, plonger l'humanité dans le papier alors que la menace du tout-digital guette : telle est la mission de son projet numérique.

Sa librairie portera le nom d'un fleuve : l'Amazone. Cours d'eau irriguant plaines et forêts, berceau des générations, source de vie… Mais surtout LE plus grand fleuve du monde.

Être le plus grand. C'est à cela que saint Jeff nous invite, tant que c'est lui qui reste le plus grand. Et si saint Elon aspire à conquérir l'espace, saint Jeff explorera d'autres galaxies.

Finissons-en avec cette vision des saints frugaux, plus ascètes les uns que les autres ! Est-ce cela, la compétitivité ? Celle-ci doit rimer avec sainteté ET croissance.

Aussi, franchir le pas de la librairie vers le site de vente en ligne s'impose. Car un livre, c'est de la connaissance, mais comme tout appareil connecté, poupée qui parle ou paquet de croquettes pour chien, c'est surtout un objet qu'il est bon de posséder.

Et posséder nous emplit de joie.

Saint Jeff transforme le Désir en Joie, et c'est là son miracle. Saint Jeff brave le temps et l'espace. On dit que la Joie vous sera livrée en drone et en moins d'une heure. Oui, même à toi qui vis dans les Vosges ! (Si tu as les capacités intellectuelles de me lire.)

Être livré en drone. Le summum de l'innovation, l'image d'Épinal[1] du futur ; l'entendement ne peut rien concevoir au-delà de Ça.

Saint Jeff, tu dessines le futur et le figes. Tu es la fin de l'Histoire, et de ce fait plus marxiste que Marx.

Tu es l'Abondance[2]. Pour l'éternité.

1 Hahaha[3]. Rapport aux Vosges…
2 L'absolu, pas le fromage.
3 Cf. p. 48.

« La réussite, c'est être capable d'aller de levée de fonds en levée de fonds sans perdre son culot. »

Winston Churchill
(ou Jean-Bill Duval, à fact-checker)

SUCCESS STORIES

Contrairement aux Français, nous savons être positifs et accueillir nos réussites.

Nombreux sont les talents parmi les bullshitters. Qu'il s'agisse de personnes avec des jobs qui font sens ou d'entrepreneurs à succès, il est important de souligner leurs achievements.

Je profite du reach retentissant de cet ouvrage pour leur donner la parole sous forme d'échanges bilatéraux interro-affirmatifs tabula-tennistiques. De dialogues, si vous préférez.

BULLSHIT JOB

TALENTS, TALENTS, TALENTS

Au travail, le bullshit peut parfois entraîner un essoufflement de la motivation. Pour peu qu'on le pratique sans conviction ou, au contraire, en pleine conscience, l'œil ne brille plus.

Solution ? Relooker l'intitulé du poste… ou mieux : relooker l'intitulé même du statut d'employé.

À partir de maintenant, je vous interdis de dire *employé*, *travailleur*, *collaborateur*, *salarié*, *collègue* ou même *stagiaire*. On dit *TALENT*.

> *« On s'est fait un brunch entre talents. »*
> *« Le talent en face de moi a mis la clim un peu trop fort. »*
> *« Jeune talent en devenir, aurais-tu la gentillesse de me préparer un café ? »*

Depuis la première révolution industrielle, nous nous sommes fourvoyés sur le terme employé[1] pour désigner les personnes qui travaillent. Pire, pendant des siècles, nous avons ignoré l'existence de millions, voire de milliards de talents.

Nos aînés étaient des talents. Je suis un talent. Vous êtes un talent.

Quand je dis *talent*, je ne parle pas de telle ou telle aptitude particulière. Je ne peux pas faire une soirée karaoké en compagnie du jonglage, aux côtés de la peinture sur fusain ; ça ne veut rien dire.

Je ne parle pas non plus DU talent, absolu, celui qui fait les femmes et les hommes exceptionnel·les de ce monde. Et non, désolé, vous n'êtes pas LE talent.
Au mieux, vous pouvez être LE talent du bureau B407 de l'aile ouest du bâtiment C.

Vous êtes UN talent. Un talent indéterminé et pourtant si singulier. Une équipe de chercheurs américains l'a prouvé, ADN à l'appui : vous êtes un individu unique, avec un regard neuf sur le monde qui vous donne ce statut privilégié de TALENT. Comme tout le monde.

Car le plus grand talent d'un talent, c'est d'être interchangeable.

1 Là, j'ai le droit d'employer le mot *employé* ; c'est le participe passé du verbe *employer*.

BULLSHIT JOB

Chief Sobriety Officer

Parfois, des bullshit jobs se créent sous l'impulsion de celles et ceux qui nous gouvernent (amen). Crise énergétique oblige, il était temps d'inventer une job position : ambassadeur de la sobriété. Entretien avec Gilles L'Abondance, premier du poste.

Jean-Bill Duval : Gilou, quelle a été ta première action pour la planète après avoir été onboardé ?

Gilles L'Abondance : J'ai commencé par renommer la job position. *Ambassadeur de la sobriété,* ça sonnait trop « Chambre des métiers »... Rewordé en *Chief Sobriety Officer,* ça fait sens.

J.-B. D. : Tu fais ça chez qui ?

G. L. A. : Chez Kikooz, la startup qui permet aux fans de DIY[1] de se former à la couture, dans le metaverse.

J.-B. D. : C'est écolo, ça ?

G. L. A. : Non. Mais sur les 100 millions qu'elle a levés, Kikooz en consacre 20 à la décarbonation. C'est le second poste de coût après notre nouveau data center, qui va permettre de maximiser l'expérience utilisateur et de Singer[2] une flotte de 4 000 machines à coudre virtuelles.

J.-B. D. : Si tu occupes cette position, ce n'est pas un hasard…

G. L. A. : Non ! Quand j'étais petit, dans les early 90's, alors que nous n'avions pas la même soif (d'agir) face au réchauffement climatique, ma mère me disait toujours : « C'est pas Versailles, ici ! » Cette phrase ne m'a pas lâché : que ce soit à mes débuts chez PopalEnergies, chez Bassault Wheapons… Puis un matin, j'ai décidé de changer le monde.

J.-B. D. : Quels sont les next steps ?

G. L. A. : Je vais faire floquer cette phrase sur des hoodies, pour l'ensemble des Kikoozers. J'en ai commandé 300 sur Shein. Cousus « main » dans un autre metaverse, bluffant de réalisme, à deux continents du Silicon Sentier. Livrés en 24 heures.

1 En français : *Do It Yourself.*
2 Hahaha.

BULLSHIT JOB

CHIEF HUMOUR OFFICER

On poursuit notre top bullshit jobs tour ! Stéphane La Tranche est Chief Humour Officer freelance. Il vante le management par l'humour, car selon lui : « On peut être sérieux sans se prendre au sérieux. »

Jean-Bill Duval : Stéph, de stand-upper à coach en humour corporate, il n'y avait qu'un pas…

Stéphane La Tranche : Alors, je n'ai jamais été humoriste (même si j'en sors deux-trois bonnes à Noël !). J'étais consultant en gouvernance dans un cabinet d'audit et (oui !) pour le fun, CFO[1] du club de Lego de ma commune.

1 CFO : Chief Finance Officer. Les francophones disent *trésorier.*

J.-B. D. : Donc pas besoin d'avoir pratiqué l'humour pour en parler ?

S. L. T. : Non. Nous, bullshitters, aimons inventer un cadre aux choses innées pour augmenter leur business value. J'aurais pu être Chief Breathing Officer, Chief Take a Poop Officer… Mais l'humour est plus sexy. Il méritait un module de formation pour les managers.

J.-B. D. : Preuve scientifique à l'appui…

S. L. T. : Selon une étude américaine, rire trois minutes par jour multiplie par 1,87 fois la performance au travail. J'ai coaché un CEO d'une PME de 2 salariés, il a réduit ses effectifs de moitié. Il ne rit plus, mais il a baissé ses coûts.

J.-B. D. : Donc tu apprends aux managers à être drôles ?

S. L. T. : On travaille sur une notion clé, la comic awareness. Par exemple, Jean-Luc, directeur commercial, sortait des vannes à la pelle : « Alors, Hélène, on attend le troisième ? Parce que les ventes, c'est pas jojo ! »… mais sans conscientiser ce sens inné de la punchline…

J.-B. D. : …

S. L. T. : … … Maintenant, il en est conscient : c'est un gros lourd. N'empêche que sur son CV, à côté de « Maîtrise de Word », « Notions d'italien » et « Détention du BAFA », il y a désormais : « Certification Humour & Management ».

HOT SPOT

ZE SNOOZE

**En tant que promoteur de la culture bullshit, il est des choses dont j'aimerais laisser trace sur Terre.
Dans le top 5 de mes achievements, tout en haut de mon mur des fiertés, il y a Ze Snooze.**

Aucun rapport avec la fonction « snooze » de votre réveille-matin. Chez Ze Snooze, on ne procrastine pas, on fait, on achieve.

Le nom de Ze Snooze vient du verbe anglais *to sneeze*. Éternuer. « *To sneeze, I snooze, snooze* ». Revoyez vos verbes irréguliers, et rejoignez Ze Snooze, l'espace créatif qui vous permettra de saisir la balle au bond, de passer instantanément de l'idée à son accomplishment.

Car c'est le danger de l'idée. En un éternuement créatif, l'idée innovante jaillit, brute, sans prévenir, et c'est pour cette raison qu'elle changera le monde. Mais si vous n'êtes pas un doer, vous resterez ébaubi, sans savoir que faire du fruit de votre processus d'idéation. Vous resterez avec cette hot potatoe entre les mains, sans même penser à prendre action.

Nous avions pensé au nom Atshooooom, mais nous l'avons finalement cédé à l'un de nos snoozies, incubé chez Ze Snooze et développeur de l'application Atshooooom. Oui, celle qui donne des daily stats sur vos éternuements et vous envoie des notifications push pour vous rappeler de vous moucher ou pour vous indiquer la dose optimale d'antihistaminiques à ingérer afin de mitiger vos éternuements.

C'est cristal clair, Ze Snooze sera l'un des facts and figures sur lesquels j'aimerais être jugé le jour du Debrief Dernier, à l'entrée du Pantech'on. FYI, j'ai déjà choisi mon épitaphe, c'est sorti tout seul, en spray :

« Jean-Bill Duval. De l'éternuement à l'éternité. »

Ze
Snooze
Le spot innovant
de l'innovation !
Éternuez vos idées.
Passez à l'action.

MOTTO

« On sous-estime l'influence des tables de ping-pong sur les idées qui animent ce monde. »

Jean-Bill Duval,
auteur, speaker, et designer
de tiers-lieux disruptifs.

LE SLIP CHINOIS

Comment parler bullshit sans rendre hommage à Adrien Sancart, fondateur et CEO de la marque Le Slip chinois ? Entretien.

Jean-Bill Duval : Comment est née l'idée du Slip chinois ?

Adrien Sancart : Il y a cinq ans, je suis parti en mission humanitaire pour une NGO en Afrique. Et un matin, je me dis : « Qu'est-ce que tu fais là, à soigner des enfants ? Quel est le sens de tout ça ? Qu'est-ce que tu veux dans la vie ? » Un seul mot me vient à l'esprit : la thune.
Là, je plaque tout : ma jeep de fonction, ma case, ma bouillie de riz, mon palu. Je rentre à Paris et je deviens Founder in Chief du Slip chinois.

J.-B. D. : Le Slip chinois, c'est quoi ?

A. S : Le Slip chinois est une marque d'underwear ultra-profitable : bon marché, 100 % made in China et 200 % made in Bangladesh. On fait 90 millions par an, dont 89,999 de levées de fonds.

J.-B. D. : Quelle est votre stratégie ?

A. S. : Au Slip, on est :
1. Slipe-driven : quand les gens achètent un slip, ils achètent juste un slip. Pas l'histoire de ce slip.
2. Price-driven : les gens sont capables d'acheter un article juste parce qu'il n'est pas cher. La qualité ne compte pas : le faible se fiche du fiable.

J.-B. D. : Tu staffes en ce moment ?

A. S. : Nous sommes une entreprise à taille humaine constituée de moi. Pour tout le reste, je suis dans une forme d'altruisme qu'on appelle « outsourcing ». J'aime ce mot, *outsourcing*, c'est très poétique. Il y a *source* dedans, ça évoque toute l'eau utilisée pour fabriquer nos slips.

J.-B. D. : En quoi es-tu un change maker ?

A. S. : Une personne qui achète Le Slip chinois commet un acte à fort impact puisqu'elle contribue à faire de notre monde ce qu'il est aujourd'hui. Comme dirait le regretté Peter Rabby (GBHS[1]) : elle *fait sa part*.

1 GBHS : *God bless his soul* (« paix à son âme »).

LE SLIP CHINOIS
Underwear jetable,
prix imbattable !
ÊTRE SOI,
C'EST ACHETER
CHINOIS.

MOTTO

« La croissance,
c'est comme un bon slip :
ça doit coller à la peau. »

Adrien Sencart,
Brand Owner du Slip chinois.

Chikooooo®

Je vous présente deux startuppers à succès : Enguerran de L'Allaisne de Chacal et Ghislain Gingival de L'Esbrouffe, fondateurs de Chikooooo®. Attention : licorne !

Notez l'utilisation du hashtag à l'oral...

Jean-Bill Duval : Guys, si vous deviez pitch…

Ghislain Gingival de L'Esbrouffe : … elle est pour toi, celle-là, Engué ! T'as un peu tué le game des pitch decks !

Enguerran de L'Allaisne de Chacal : Chikooooo® est une marketplace qui connecte les personnes à qui il manque des #dents avec les personnes qui en ont trop.

G. G. d. L. E. : Il vous manque une incisive ? une canine ? une prémolaire inférieure gauche ? En un clic, trouvez les meilleures teeth du backmarket, au meilleur prix et dans les meilleurs délais.

E. d. L. A. d. C. : Il suffisait de voir la dent comme un plug-in ! (rires)

G. G. d. L. E. : Oui ! En émail, en argent, en or… mais pas en plastique. Chikooooo® est une entreprise à #impact qui a pour #mission de rechausser les gencives des Françaises et des Français sans polluer les océans. #dentitionresponsableetdécarbonée.

J.-B. D. : Vous restez donc focus sur la France ?

G. G. d. L. E. : Non ! Le French market, c'est step 1. C'est l'avantage d'être dans la tooth : une dent, c'est universel et non genré[1].

J.-B. D. : Je crois que l'inclusion est un thème qui vous est cher…

E. d. L. A. d. C. : Selon une étude Fourbes-BMFTV, 9 millions de Français ont une dent en moins (ou plus) et la plupart sont issus de la France des territoires.

G. G. d. L. E. : Dans ces contrées, on dit *chicot* plutôt que *dent*. D'où le nom de l'app.

J.-B. D. : Et ça cartonne !

E. d. L. A. d. C. : On est leaders de la #ToothTech ! On a levé 10 millions… sans générer de chiffre d'affaires !

Téléchargez Chikooooo®
en scannant le QR code.

1 Comme ils omettent, si modestement, de le rappeler, Chikooooo a obtenu le label Tech for Gender Equity au Forum startup de Roubaix.

Chikooooo®

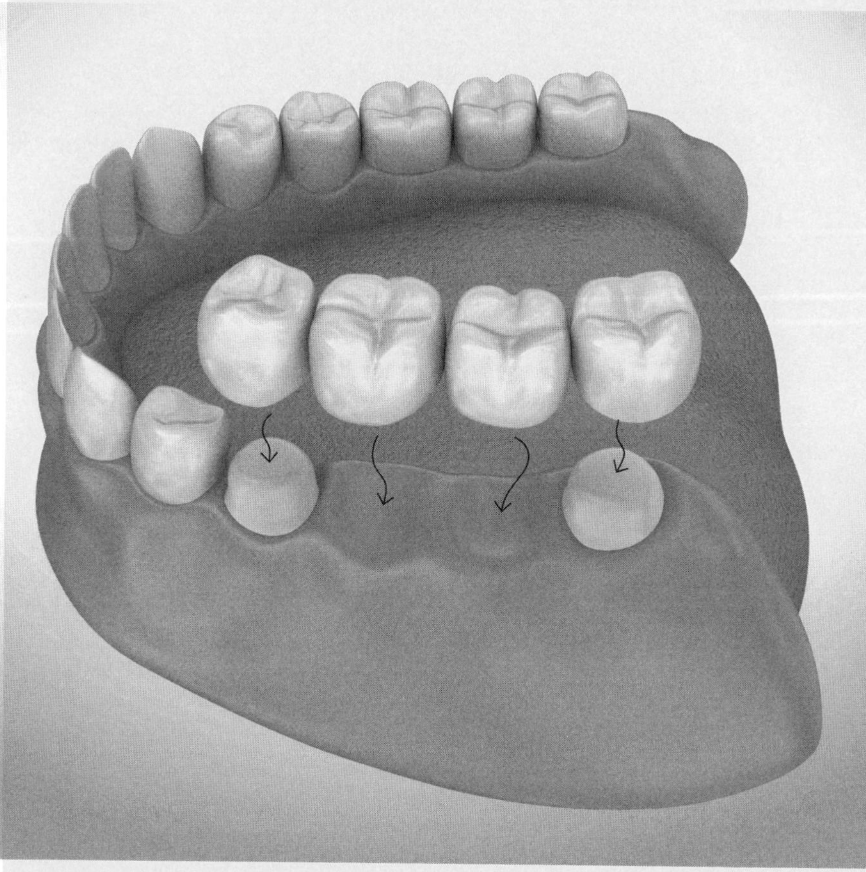

GENS QUI MATCHENT,
DENTS QUI FITTENT.

MOTTO

« Une dent vous manque,
et tout est dépeuplé. »

Ghislain Gingival de l'Esbrouffe,
co-COO de Chikooooo®.

BEED®

D'aucuns diront que le bullshit n'est qu'abstractions et concepts. Tony de La Brique, founder et CEO de Beed®, est là pour nous prouver le contraire.

Jean-Bill Duval : Tony, Beed®, c'est quoi ?

Tony de La Brique : Beed®, c'est de la food pour les gens tellement smart et efficients qu'ils ont moins de trente secondes pour manger ; c'est un repas complet et équilibré qui vous tapisse le bide grâce à un matériau : le ciment.

J.-B. D. : L'aventure Beed®, ça part de quoi ?

T. d. L. B. : D'un constat. Cuisiner, mâcher, cligner des yeux… c'est time consuming. Alors je prends du ciment. De l'eau. Du sel. Je fais du béton. Je le mange en mode chewless. J'ai pas faim pendant une semaine.

J.-B. D. : Et là, gros buzz…

T. d. L. B. : Oui. Mes amis se font des chapes de béton au fond de l'estomac. Ils postent les photos des parpaings qu'ils éliminent sur Insta. On trouve notre product market fit. On lève 20 millions, on onboarde 60 stagiaires, on fait NGU TV[1]… Bref, on change le monde.

J.-B. D. : Quel est ton plus gros fail ?

T. d. L. B. : Avoir bossé avec Pastorama Food et Lafrage Gourmet. Ils sont trop IRL. Ils n'ont pas cette capacité à dilapider des fonds aussi rapidement que nous.

J.-B. D. : Comment est-ce que tu t'es relevé ?

T. d. L. B. : Je lis la quatrième de couv' de *L'Art de la guerre* de Sun Tzu. En sept secondes. Je dis : « On reste focus sur ce qui fait sens pour nous : la com sur les réseaux sociaux. »

J.-B. D. : Next steps ?

T. d. L. B. : Servir 70 millions de suppository Christmas meals en 2030. Et qu'on arrête de parler des cinq sens. Quatre, ça suffit. Par exemple, moi : je suis tasteless. Ça ne m'empêche pas d'être un humain standard, c'est-à-dire un homme, blanc, hétéro, bac+5 / MBA.

1 NGU TV : Never Give Up TV, le média des entrepreneurs qui n'abandonnent jamais.

Mangez du béton.
Changez le monde.
BEED®
Repas efficace pour gens pressés

MOTTO

« Quand j'ai la dalle,
je m'en coule une. »

Tony de La Brique,
Founder et CEO de Beed.

START UP

AI-KOO, L'APPLI QUI RÉINVENTE LA POÉSIE

Ah, cette interview en one-to-one avec l'un de nos ambassadeurs… Maxence de Lamartine, fondateur et CEO de AI-Koo, l'appli qui réinvente la poésie japonaise. Extraits.

Jean-Bill Duval : Maxence, est-ce que tu peux nous pitcher AI-Koo ?

Maxence de Lamartine : AI-Koo est une AI (une IA, en français, si vous préférez) qui crée automatiquement des haïkus japonais. C'est-à-dire que je vais lui donner un mood en input, disons… « joie ». Et en output, AI-Koo génère en live un haïku qui correspond à ce mood et à ma personnalité :

Smartphone allumé
Rosée du matin qui chante
Rire à pleines dents.

J.-B. D. : D'où t'est venue cette idée tellement créative ?

M. d. L. : Je ne dirais pas « créative » mais « métacréative »… (rires) J'ai toujours été passionné de digital et de poésie. Et, à l'époque, avec mon associé, on avait monté un business de ramens dans la Silicon Guéret… qui n'a pas généré le niveau de traction espéré. Alors j'ai décidé de pivoter, en standalone, et de faire un crossover entre mes passions pour les nouilles japonaises et la poésie-slash-tech.

J.-B. D. : Et, de façon très high level, hein, AI-Koo, comment ça marche ?

M. d. L. : Un haïku japonais est soumis à des règles strictes. Il doit comporter 3 vers. Le premier fait 5 syllabes, le deuxième, 7 et le troisième, 5, à nouveau. C'est une poésie très templatable, on peut la modéliser. Je ne fais qu'automatiser le process emprunté par les poètes japonais depuis la nuit des temps… en y ajoutant un peu de machine learning ! (rires)

J.-B. D. : Quel est ton business model ?

M. d. L. : En fait, j'ai breveté le format haïku, parce que figure-toi que personne ne l'avait fait ! Aujourd'hui, tous les auteurs de haïku worldwide doivent me payer des royalties dès qu'ils vendent un recueil (rires). Ce qui me permet de financer ma startup.

Code informatique
Éblouis-moi de ton spleen
Chie la poésie.
AI-Koo
Smart generator de haïkus japonais

MOTTO

« Startup voit pousser
Un concombre sur son front
Licorne incomprise »

Haïku généré par l'intelligence artificielle AI-Koo,
à propos de la startup éponyme de Maxence de Lamartine,
son fondateur.

INTERNATIONAL MEETING SCHOOL

Que serait la civilisation bullshit sans réunions ? Coup de projecteur sur l'un de nos héros : Sylvain Graegher, fondateur de l'International Meeting School.

Jean-Bill Duval : Sly, l'International Meeting School, c'est quoi ?

Sylvain Graegher : Hello D'jib ! J'aurais bien calé un meeting interdépartemental pour te faire un short brief, mais j'ai un steering committee à la French Réunionite Corporation… L'IMS est la première école qui forme les étudiants directement au métier de la réunion.

J.-B. D. : Comment t'est venue cette idée géniale ?

S. G. : Pour un bullshitter, le travail se résume à assister à des réunions ; alors pourquoi faire toutes ces études pour, au final, faire des meetings ? Demandez à un enfant : « C'est quoi le travail de Maman ? » Neuf fois sur dix, il vous répondra : « Elle fait des réunions. »

J.-B. D. : Sur quels metrics t'es-tu appuyé ?

S. G. : Un cadre passe en moyenne seize années de sa vie en réunion ; donc plus de temps à briefer, débriefer, brainstormer, congratuler, écouter, ne pas écouter, faire la chaise, se mettre à 10 pour faire marcher le vidéoprojecteur… qu'à aimer ses proches.

J.-B. D. : Qui sont les IMS teachers ?

S. G. : Des sommités du tour de table, de la rétrospective, de la rétrospective de tour de table… recrutées dans les grands pôles d'excellence : ministères, grands groupes, ONU, syndics de copropriété…

J.-B. D. : Et à l'IMS, on apprend toutes les matières ?

S. G. : Tout à fait. Par exemple, la physique, le principe d'Archimède : tout corps immergé dans une salle de réunion est soumis à une force égale au volume de vent qu'il brasse.

J.-B. D. : Quelle est ton added value, Sly ?

S. G. : Une personne épanouie est une personne à l'agenda dense et coloré, reflet des différents topics qui teintent cette longue réunion qu'est la vie active. Aussi, je suis LCP : Life Color Provider.

International Meeting School
Faisons de la réunion une fin en soi.
Parce que le travail se résume à faire des réunions
IMS

MOTTO

« Le business du meeting est sustainable.
Il peut y avoir pénurie d'électricité, de matières premières, de biens de consommation... il y aura toujours des réunions.
De crise, d'urgence ou de parce-qu'on-est-lundi. »

Sylvain Graegher,
Founder in Chief de l'International Meeting School.

SERIOUS GAMES

SHIFOOMI EVENTS

Comme le dit mon ami Stéphane La Tranche[1], chez nous, on aime être sérieux sans se prendre au sérieux. Et s'il y en a un qui sait le faire, c'est bien Paul Lafeuille-Tijeras, fondateur de Shifoomi Events.

Jean-Bill Duval : Paul, peux-tu nous pitcher ta boîte ?

Paul Lafeuille-Tijeras : Shifoomi Events est, comme son nom l'indique, une agence événementielle spécialisée dans le chifoumi.

1 Cf. p 138.

J.-B. D. : Tu veux dire « pierre, feuille, ciseaux » ?

P. L.-T. : Tout à fait. Et, d'après des chercheurs scandinaves en ludosciences du management, c'est un serious game dès lors qu'il se pratique en costard ou en tailleur.

J.-B. D. : Quels sont les points forts de ce jeu ?

P. L.-T. : C'est un jeu minimaliste puisque le chifoumi ne demande qu'une chose : être en possession d'une main. By the way, c'est cost kill !

J.-B. D. : Mais la finalité, c'est de former les managers…

P. L.-T. : Oui. Au cyclic management. La pierre écrase les ciseaux qui découpent la feuille qui recouvre la pierre : tout le monde est N+1 *ET* N-1. On est dans le *ET*, pas dans le *MAIS*.

J.-B. D. : Quels sont les next steps ?

P. L.-T. : Créer un outil pour le recrutement : Shifoumi Talents Acquisition. On fait faire aux candidats des parties en 1 000 coups, puis on analyse leurs choix. Un « pierre, pierre, feuille, pierre, ciseaux… » révélera un profil besogneux. Alors qu'avec un « feuille, pierre, ciseau, pierre, ciseau… » on est sur un talent créatif.

J.-B. D. : En phase avec la culture bullshit ?

P. L.-T. : Jouer à chifoumi, c'est faire des choix en étant soumis au hasard. C'est donner l'impression de maîtriser, alors qu'on ne maîtrise rien du tout. Et ça, c'est bullshit !

OSEZ
LES SERIOUS GAMES
POUR VOS ÉQUIPES !
Shifoomi
EVENTS

MOTTO

« Les neurosciences ont démontré que la pierre, la feuille et les ciseaux sont des éléments structurants du cortex préfrontal médian de l'enfant.
J'ai repris et poursuivi cette étude en démontrant que l'enfant devenait ensuite adulte, dans 100 % des cas parmi les survivants. »

Paul Lafeuille-Tijeras,
Data Scientist et fondateur de Shifoomi Events.

Conclusion

À l'heure où j'écris ces dernières lignes, je me sens extrêmement épuisé. Consacrer une carrière entière au bullshit est éreintant.

Certes, nous ne réparons pas des courroies de distribution, nous ne scions pas du bois, ni ne retournons la terre. Mais optimiser, pricer, challenger, brander, designer, phosphorer, innover, s'autocongratuler, publier, sizer, benchmarker, réinventer, liker, reshaper, renamer... tout cela fait transpirer !

« Sueurs de réu
Vestiges d'un débat creux
Chatoient mes narines »
Djay Le Fougueux

Le cordonnier, lui, n'a pas à upgrader son marteau Louis XV ni à disrupter la pince à œillets pour se sentir cordonnier. Nous, nous devons réinventer nos outils en permanence, ainsi que ce que nous sommes ; nous questionner, nous agiter… et cela fait dissiper beaucoup d'énergie. Oui, nous sommes l'effet Joule de la société moderne et, en ce sens, ce que nous faisons correspond à une réalité physique ! Appelez-nous *jouleshitters*, je valide.

Mais, rapidement, la fatigue fait place à la satisfaction. Celle d'être allé au bout de ma démarche. Il faut prendre le temps d'expliquer le bullshit aux non-bullshitters comme aux bullshitters ! Car, même si c'est la raison d'être de ces derniers que de se sentir supérieurs à la moyenne, un peu de modestie ne fait pas de mal en ces temps troubles. Coucher nos grands principes sur papier, c'est immortaliser certaines pratiques qui s'émoussent. Eh oui, chers amis, nous ne sommes pas à l'abri…
Quête de sens au travail, grande démission, décroissance, retour en force de l'artisanat, recours à la langue française *dans le digital* (WTF !). Je n'irai pas jusqu'à parler de *déclin*, mais d'une légère *inflexion*. D'un *avertissement*.

Néanmoins, je reste confiant quant à l'avenir de notre belle culture. Les bullshitters se surpasseront toujours pour faire passer l'impossible (plus c'est gros…) grâce à une tenue vestimentaire inspirant respect et décontraction, grâce à notre

belle langue, ses acronymes, ses anglicismes euphémisants (et ses néologismes !).
Toujours en douceur. Oki doki, mes Aïkidoka ?

C'est l'heure du handover : le moment est venu pour moi de passer la main. À vous, à Karim, aux générations futures…

En bon retraité bullshit, je compte consacrer du temps à mes missions de consultant senior et de Business Angel dans le domaine des chiens & chats virtuels. Que voulez-vous, je suis plus NFT que pêche à la truite !

Servez-vous de ce livre comme d'un ouvrage de référence, mais n'hésitez pas à le challenger, à le réinventer, à vous l'approprier. Émerveillez-vous, indignez-vous ! Écrivez des haïkus (cf. p. 174), trouvez vos propres définitions des mots *beignet*, *chaussure* ou *tarte tatin* (cf. p. 196) !
Aussi, j'espère que mon travail permettra aux bullshitters de travailler sur eux-mêmes pour renforcer leur bullshit… ou le conscientiser au point d'en sortir définitivement. *Qui sait ?*

Car, c'est ça l'âme du bullshit : ne pas toujours mesurer les conséquences de ce que l'on fait.

ANNEXES

POÉSIE CORNER

Parce que derrière chaque bullshitter
se cache un poète, je tenais à vous offrir
ces suppléments d'âme en vers.
Dans le respect des codes du haïku japonais…
et de la tradition bullshit !

Messes basses fusent
Mise bas de direction
On change de nom

Le soleil se lève
La soif d'innover m'appelle
Un *bullet point* point

Post-it virevolte
C'est la chute des idées
Vive l'automne innovant

Jeune diplômé
Têtard à la queue mouvante
Veut changer le monde

T... T... T... T...T...
La méthode des cinq T
Cherche ses mots-clés

Pollution, j'étouffe !
Je m'envole pour Bali
Principes, Ô mes poufs

E-mail dans ma box
Il se passe quelque chose...
Eh non, faux espoir

Une flèche, un rond
Un best practice, la road map
Les slides émergent

Paroles fleuries
Poussent, moussent les Narcisses
Récoltons le fiel

Jolie feuille verte
Prostitue-toi en logo
Greenwashe-moi l'âme

C'est la marée basse
J'ai dépilé tous mes mails
Allons déjeuner

Saillies de méthane
Au-dessus de mon séant
Je m'écoute créer

Les post-it se posent
Mosaïque des idées
Le mot *nudge* choit

IPA. PM.
CTO. SAAS.
Luc, macrobrasseur

Les startups, gâtées,
Ont délaissé le baby
Un homme en bois pleure

L'eau sature l'air
Rosée du matin, meetings
Bourrent l'agenda

Le cheese and ham bun
À huit euros dix s'effeuille...
Oh, un jambon-beurre !

Patates, carottes,
Pois terreux souillent mes mains
PowerPoint, je t'aime

Un bourgeon jaillit
Un nouveau logo célébré
Rouge bégonia

Serious game, gamin
Joue, mime, fais des Kapla !
Puis rentre au bureau

FRENCH GLOSSARY

La langue française est riche et parfois difficile à décrypter. J'en ai sélectionné quelques mots particulièrement complexes, puis ai tâché de les redéfinir en des termes compréhensibles par toutes et tous.

AMOUR n. m. • Notre why à tous.

ANARCHIE n. f. • Société où tous les individus sont en freelance.

ANGLICISME n. m. • Tip auquel recourent les French speakers lorsqu'ils manquent d'accuracy.

BAPTÊME n. m. • Naming session animée par un Chief Water Officer.

CAMEMBERT n. m. • AOC. Outil d'analyse circulaire développé par les consultants et récupéré par les éleveurs normands à des fins alimentaires.

CHAUSSURE n. f. • Foot wrapper qui n'existe (figurez-vous) pas uniquement sous forme de Stan Smith.

CHIANT adj. • Obsessionnel du feedback.

CHOUX DE BRUXELLES n. m. pluriel • Plat qui met les enfants dans un Bloody Sunday mood. (Cf. *frites*, p. 206.)

CIBOULETTE n. f. • Unique différence entre un bagel rustique et un bagel club. D'une valeur de quatre euros.

CONCIERGE n. m. • Le système de cookies de votre immeuble.

COQ n. m. • Symbole de la French Tech que s'est réapproprié la nation France. *Cockadoodeul doux.*

CRÉDENCE n. f. • Gros sujet à benchmark au sein d'un couple.

EMPATHIE n. f. • Qualité consistant à pratiquer le self care envers les autres.

ENFANT n. m. • Un nice to have. Dont les parents font pourtant une top priorité.

FAYOT n. m. et adj. • Tout dans le pipe, rien dans le slipe. Synonyme : zélé.

FLATULENCE n. f. • Ice breaker pour jeunes couples.

FRITES n. f. pluriel • Plat qui met les enfants dans un Black Friday mood. (Cf. *choux de Bruxelles*, p. 201.)

HONNÊTE adj. • Qui fonctionne en mode WYSIWYG (*what you see is what you get*, NDLR).

INVESTISSEUR n. m. • Parieur de courses hippiques se faisant appeler « Business Angel » ou « Venture Capital » pour se distinguer du pilier de PMU.

LIBERTÉ n. f. • Art de naviguer dans la vie sans road map.

LOOSE n. f. • C'est quand l'empowerment a failé.

MÉLANCOLIE n. f. • Mood. Quand le cœur est à cheval entre le présentiel en remote et le phygital sur Zoom.

MORT n. f. • Activation du mode « off », sans possibilité de back up (pour le moment).

NUAGE n. m. • Cloud physique hébergé dans le ciel et stockant des données hydrauliques dont le téléchargement est de moins en moins prévisible.

NUANCE n. f. • Art d'être en mode multimode.

PISTACHE n. f. • Fruit sec qui se binge watche avec la bouche.

PROMESSE n. f. • Action item d'une to-do list qu'on s'engage à ticker, avec un niveau de commitment de 100 %.

PROVINCE n. f. • Zeu place not to be (sauf en cas de confinement revival ou d'envie soudaine de disrupter le monde par la permaculture).

SOLITUDE n. f. • Art de faire des co-lunchs, mais à moins de deux personnes.

SUPERFICIEL adj. • Qui a une vision trop high level de la vie.

TARTE TATIN n. f. • Reverse apple pie découverte par sérendipité, par les Tatin Sisters.

VERRUE PLANTAIRE n. f. • Big issue qui se forwarde de pied en pied.

Bibliographie

Références
AI Koo, *Recueil de haïkus autogénérés*, Metaverse, La Pléthore, toutes les minutes de mai 2021 à avril 2023, 9 384 803 984 949 972 577 p.
Indepen'Dante Alighieri, *La Digital Comedy*, Paris, Freelance Editions, 2013, 258 p.
Anonyme, *The Bullshit Bible*, Paris, Holy Bullshit Editions, 2008, 5 093 p.
Henri Caquelon, *Racklett-Based Organisational and Behavioral Approach*, Oklahoma City, Cheese & HR Editions, 2017, 729 p. Et sa traduction française depuis sa traduction anglaise de sa première release française : Henri Caquelon, *Approche organisationnelle et comportementale autour de la raclette*, Chambéry, Win-wine Editions, 2019, 1 344 p.
Jérémy Cigale, *Mark Kont, Bullshitman. Tome III, Le Projet*, Paris, Bullshit Comics, 2017, 122 p.
Océane Deniort, *Loneliness Planet : France, villes moyennes*, Cholet, Edi9, 2015, 476 p.
Jean-Bill Duval, *Prose & Cons*, Paris, MDMK Editions, 2003, 149 p.
Jean-Bill Duval, *Overass farting : recueil de chants de supporters*, Paris, La Plénière, 2022, 109 p.
Karim Duval, *Si j'étais corpoète*, Lyon, BS Editions, 2023, 93 p.
Emmanuel Guilleret, *La Révolution franglaise : chants pour battles et team buildings*, Paris, Actes Ouest, 2012, 219 p.
Paul Héluart, *Poésie et Management*, Paris, Le Tour de Table, 2020, 143 p.

Pierre-Olivier Klein, *Le Bourgeois Gentleman*, Sèvres, VC books, 2018, 134 p.
Tony de La Brique, *L'art de ne jamais prendre le temps*, Paris, Stress universitaires de France, 2019, 246 p.
Stéphane La Tranche, *Être sérieux sans se prendre au sérieux*, Saclay, Galéjades, 2021, 301 p.
Gilles L'Abondance, « *C'est pas Versailles ici !* », *Ode à la sobriété*, Saint-Cloud, Carbone, 2015, 89 p.
Amaury Lacourbe, *Élever son enfant en mode startup*, Paris, Fist Editions, 2018, 253 p.
Jean-Mi Olivier, *Mangez bien, mangez lean*, Lyon, Vachette, 2014, 197 p.
Christiane Rey-Hugnon, *Djay Le Fougueux : contes et légendes*, Lyon, L'Écharde, 2021, 452 p.
Jean-Jack Roussot, *Rêveries de l'ingénieur terre à terre*, Paris, Gallinod, 2012, 317 p.

Pour aller plus loin

Jean-Bill Duval, *Storytel que vous êtes : l'authenticité retrouvée*, Marmande, Kumquat, 2022, 188 p.
Claude Franglois, *Aïkidoki, Aïkidoka*, Paris, Zen Attitude, 2020, 294 p.
Antounin Galafrio, *T'y es pas Frangued'ocien, tu chantes le reggae*, Saint-Rémy de Provence, Lou Papé, 2016, 405 p.

Thanks !

Je tiens à remercier tous les talents qui ont si gentiment accepté de prendre la parole ici : Antounin, Gilles, Stéphane, Adrien, Tony, Maxence, Sylvain, Paul, Johan, ainsi que toutes les femmes qui auraient pu avoir voix au chapitre, mais dont le nom ne m'est pas venu naturellement à l'esprit lorsque j'ai prononcé le mot *bullshit*. Allez comprendre…

Un grand merci à Matthieu, Global Strategy Manager et Deal Maker sur ce projet.

Merci à Karim Duval pour sa contribution discrète, mais précieuse : je sais que tu as pris sur ton temps pour (allez, je l'admets) ghost-writer une bonne partie de cet ouvrage ; tu as même batch-writé quelques textes, exilé un weekend entier quelque part en Bresse (dans la France des territoires, OMG !) chez deux hôtes chaleureux et attentionnés. De la part de toute la communauté des bullshitters : merci à eux, ainsi qu'à ta petite famille, toujours là, à tes côtés.

Merci à Charles pour sa confiance et qui, à partir d'une plaisanterie de ma part, m'a lancé le défi d'écrire un dictionnaire du franglais… qui, après maints rescopings, est devenu l'imprécis et inclassable *Petit Précis* que vous avez entre les mains.

Enfin, un immense merci à Charlotte et Bérengère des éditions Le Robert pour leurs conseils et relectures avisés, leur écoute, leurs rétroplannings… Quel plaisir d'échanger des e-mails et de faire des visios avec vous !

Sans une once de bullshit, un grand MERCI à toutes et à tous.

TABLE DES MATIÈRES

Préface de Karim Duval 4

Introduction 9

BULLSHIT BASICS **12**
À l'origine, il y avait quelque chose 14
Agilité, j'écris ton nom 16
Le storytelling 18
La créativité 20
Le coaching 22

ONE LANGUAGE **24**
Choisir son BFW 26
Hello 28
Les préfixes et suffixes 30
Les acronymes 32
Potentiellement, notre adverbe préféré 34
Le geste des guillemets 36
Le non-verbal 38
Le frangued'oc et le frangued'oil 40
La Novlangue des Signes Franglaise 42
Pas qu'une histoire de franglais 44
Le Bullshit English 46
Hahaha vs *Ahahah* 48

ONE NATION **50**
Aux smart guys la patrie reconnaissante 52
« La France est digitale » : un discours fondateur 54
One dream 56
One blazoon on zeu flag : la licorne 58
Nomades 60
Les ennemis de la culture bullshit 62
Djay Le Fougueux, la légende 64

ONE CULTURE **66**
Le Design Thinker de Roddin 68
Le powerPointisme 70
La Guerre du vent – le pitch 74
La Guerre du vent – scène culte 1 : une idée de génie 76
La Guerre du vent – scène culte 2 : wind is back 80
Le Bourgeois Gentleman 84
LinkedIn-sur-Mer 86
Super-héros : Bullshit Man ! 88

COACH JEAN-BILL **90**
Le bullshitter, maître Aïkidoka 92
Be yourself, be authentique 94
Réussir son date avec un·e non-franglais·e 96
Bullshit love 98
Runner vs *jogger* 100
Élever son enfant en mode startup 102
Hackez la croissance (de votre enfant) 104
« Soignez votre child branding » 106

TRADITIONS & PARTIES **108**
Notre tenue folklorique : la doudoune sans manches...... 110
Le hackathon, définition........ 112
Un peu d'histoire : la légende du hackathon 114
L'overass farting, sport national 116
Le Classicaule........ 118
Approche organisationnelle et comportementale autour de la raclette........ 120
Les œufs au plat en mode agile........ 122
La vinaigrette en mode projet........ 124
La Saint-Elon (27 mai) 126
La Saint-Steve (29 juin)........ 128
La Saint-Jeff (5 juillet) 130

SUCCESS STORIES........ **132**
Talents, talents, talents........ 134
Chief Sobriety Officer 136
Chief Humour Officer........ 138
Ze Snooze 140
Le Slip chinois........ 144
Chikooooo® 148
Beed®........ 152
AI-Koo, l'appli qui réinvente la poésie........ 156
International Meeting School........ 160
Shifoomi Events........ 164

Conclusion........ 169

ANNEXES........ **172**
Poésie corner........ 174
French glossary........ 196
Bibliographie........ 215
Remerciements........ 217

Crédits iconographiques

p. 51 © Cattalina / AdobeStock ; p. 71 © BIS / Ph. Jacques Mer © Archives Larbor © Successió Miró / Adagp, Paris, 2023 ; p. 72-73 © Kostiantyn / AdobeStock ; p. 142 © BullRun / AdobeStock ; p. 146 © olegphotor / AdobeStock ; © waniperih / AdobeStock ; p. 150 © Alex Mit / AdobeStock ; p. 154 © tapaton / AdobeStock ; © photka / AdobeStock ; © hcast / AdobeStock ; p. 158 © a3701027 / AdobeStock ; p. 162 © alfa27 / AdobeStock ; © Comauthor / AdobeStock ; p. 166 © Wasan / AdobeStock ; © ML Studio / AdobeStock ; p. 223 © luismolinero / AdobeStock.

Do you speak English ?
Yes !
I speak English, Bullshit English !
Bullshit
INSTITUTE

Ce livre est imprimé sur du papier
issu de forêts gérées durablement.

N° éditeur : 911726/10293081 dépôt légal : avril 2023
Achevé d'imprimer en Espagne en mai 2023 par Egedsa